KB059689

팬·데·믹·시·대·를·사·는·작·가·들

계속 쓰는 겁니다
계속 사는 겁니다

팬·데·믹·시·대·를·사·는·작·가·들

계속 쓰는 겁니다
계속 사는 겁니다

고재종
김미희
김상혁
김유담
김이듬
김종광
문은강
방민호

손홍규
유성호
이설야
이승은
임현
최금진
최재봉
최정나
해이수

솔

이 깊고 어둡고 블루한 세상

'블루'. 이 시대, 우리들의 삶은 색채로 표현하면 블루 바로 그것이다.

'글'이라는 것을 쓰면서 늘 생각하는 것, 글은 근원에 가까워져야 한다는 것. 현실이라면 현실의 뿌리에, 삶이라면 삶의 뿌리에, '글'은 가까워져야 한다.

코로나 시대는 글을 다시 한 번 뿌리 쪽으로, 근원 쪽으로 바짝 잡아당긴다. 글은 바짝 잡아당겨진 활시위처럼 한껏 부풀어 올라야 한다. 코로나가 사람들의 삶을 근본적으로 뒤바꾸어 놓았기 때문이다.

열린 쾌활한 삶에서 닫히고 우울한 삶으로, 우리들의 삶은 확실히 변했다. 사람들은 하나같이 마스크를 쓰고 차도르를 쓴 여인처럼 두 눈만을 반짝이며 거리를 오간다. 카페나 음식점을 드나들려 해도 반드시 QR코드를 찍거나 출입인 명부에 기록을 해야 한다. 해외로 여행을 떠나지 못하게 되면서 항공사며 여행사 영업은 엉망이 되었다. 영업 시간과 인원 제한으로 음식점들, 술집들은 부도 일보 직전까지 내몰렸다.

이러한 시대에 글은 사람들의 삶을 얼마나 날카롭게, 넓고 깊게 기록할 수 있을까? 이 산문집은 이에 대한 하나의 시금석으로 제출되는 것이라 해도 된다.

다시 한 번 '블루'.

블루의 시대를 살아가는 작가들이 계간 『영화가 있는 문학의오늘』 37호에 〈코로나 시대를 사는 작가〉라는 특집 기획으로 각자의 삶을 기록하였다. 이 기록은, 계속 쓰고, 계속 살아가는 작가들의 모습일 뿐 아니라, 우리의 모습을 비춰주기도 한다. 이 글들을 모아 여전히 우리가

속해 있는 이 시대의 이야기를 단행본으로 새롭게 엮어
펴내게 되었다.

 레드도 옐로우도 아닌 이 시대의 블루를 향해 글들은
활시위를 한껏 잡아당겨야 한다. 저 깊고 푸른 우울의 바
다, 그 과녁 한가운데를 향해, 화살은 제비처럼 날아가야
한다.

 그리하여 '글'은 이 접촉 금지, 언택트, 히키코모리 시
대의 사람들을 이어주는 접착제가, 네트워크가 되어야
한다.

2021년 3월, 방민호
문학평론가,『영화가 있는 문학의오늘』주간

차례

계속 쓰는 겁니다

계속 사는 겁니다

계속 쓰는 겁니다

문은강

바라는 건 오직 사랑뿐

문은강

2017년 『서울신문』 신춘문예에 단편소설 「밸러스트」가 당선되어 작품
활동을 시작했다. 장편소설 『춤추는 고복희와 원더랜드』가 있다.

"비로소 히키코모리의 시대가 온 거야."

P의 말에 우리는 동시에 웃음을 터트렸다. 처음으로 맡게 된 대학 강의에 긴장하던 얼굴이 눈에 선한데 이젠 꽤 여유로워진 모습이었다. PPT 하나 제대로 만들지 못하던 그녀는 이제 화상 강의는 물론이고 동영상 편집 프로그램까지 능숙하게 다루는 최신형 인간으로 진화했다.

"엄밀히 말하면 강제로 히키코모리가 된 상황이지."

모니터 너머의 K가 이마를 긁적였다. 밤톨처럼 동그란 정수리가 형광등 빛을 받아 반짝였다. 학창 시절부터 긴 머리를 고수해오던 K가 어느 날 머리카락을 댕강 자르고 나타났을 때는 깜짝 놀랄 수밖에 없었다. K는 태연하게 목덜미를 어루만졌다. 회사에 나가지 않게 되면 가장 하고 싶은 것이 커트였다고. 머리를 짧게 자르면 무슨 일 있냐는 질문을 받게 되고 그냥 잘랐다는 대답이 곡해되어 졸지에 남자에게 버림받은 비련의 여주인공이 되는 일. 그것이 그녀의 회사 생활이었다. 실직하니까 이거 하나는 좋네. K는 씁쓸한 표정으로 말했다.

P와 K와 나, 우리 셋은 매달 마지막 주 일요일에 만나 시시껄렁한 저녁을 보낸다.

열일곱, 같은 고등학교의 같은 반에 배정된 우리는 한눈에 서로가 비슷한 성향의 사람이라는 걸 알아봤다. 아니나 다를까 모두 유년 시절부터 집구석에 틀어박혀 만화책을 읽거나 게임기를 두드리던 부류였다.

첫 만남을 기억한다. 창가 자리에 오도카니 앉아 있던 내게 함께 급식실에 가자고 손을 내밀던 P와 K. 나중에 알게 된 사실이지만 이 다정한 행동은 모두 계획된 것이었다. 내가 학교 앞 중국집 딸이라는 건 알게 된 그들은 퀘스트를 달성하기 위한 접근을 시도했고, 속수무책으로 공략당한 나로 인해 주방 옆에 딸린 작은 방을 아지트로 만들기에 성공했다. 텔레비전 하나 덩그러니 놓인 그 방에서 우리는 모든 분기의 애니메이션과 신간 만화책, 무협소설, 게임을 섭렵했다. 게임 중에서는 특히 콘솔 게임과 PC 게임을 즐겨 했는데 낯선 사람을 만나지 않고 우리끼리 즐길 수 있다는 점이 좋았기 때문이다. 포켓몬과 마리오 시리즈부터 시작해서 드래곤 퀘스트, 파이널 판타지, 롱맨, 심즈, 롤러코스터 타이쿤, 심지어 남성향에로 게임이라 불리는 페이트 시리즈까지 장르를 가리지 않고 닥치는 대로 플레이했다. 질릴 만하면 다른 게임으로, 또 다른 게임으로 옮겼다.

시간은 차곡차곡 흘러 싱겅싱겅한 농담에도 자지러지게 웃던 우리는 어엿한 사회적 일꾼으로 자라났다. 각자의 자리에서 번듯한 어른을 흉내 내지만 사실 여전히 만화와 게임을 좋아하는 철부지들이었다. 때문에 우리의 일요일 저녁은 무엇보다 중요했다. 그 시간만큼은 가장 편안한 자세로 누워 게임기를 붙잡고 깔깔대는 열일곱으로 돌아올 수 있었기 때문이었다.

그런 우리를 갈라놓은 건 코로나 바이러스 감염병이었다.

인생에서는 늘 예상하지 못한 일들이 벌어지지만 이번엔 뭔가 달랐다. 거짓말처럼 도래한 전 지구적 위기 상황이었다. 날이 따뜻해지면, 조금 더 더워지면, 추워지면, 그렇게 알게 모르게 사라질 사건일 줄만 알았던 팬데믹은 지금까지도 계속 이어지고 있었다. P의 생애 첫 대학 강의는 온라인 영상으로 대체되었다. K가 근무하던 여행사는 문을 닫았다. 내가 일하던 보습학원은 강사들에게 무기한 휴원을 통보했다. 공적 활동뿐 아니라 사적인 만남도 자제해야 하는 상황이 됐다. 우리는 집에서 격리된 채 하루하루를 지내라는 요구에 시달렸다. 친구 셋이 모이는 소모임쯤이야 괜찮지 않나 하는 생각을 했던 것도 잠시, P는 낙담한 얼굴로 말했다. 나 코로나 걸리면 바로 강의 잘리는 거야. 어떻게 얻은 자린데.

이에 우리는 일요일 모임의 형태를 변경하기로 했다. 세상이 권고하는 안전한 모습으로. 그러니까 화상 미팅 프로그램으로 만나서 게임을 플레이하기로 한 것이다. 맥주 한 캔을 곁들이는 것도 잊지 않았다. 모니터를 통해 만나는 친구들의 얼굴은 늘 그렇듯 기쁘고 반가우면서도 어딘지 모르게 낯설었다.

"눈곱은 떼자. 인간적으로."

활기차게 소리치는 P를 필두로 우리는 모니터에 대고 이런저런 근황을 나누었다. 이색적인 형식에 어색했던 것도 잠시, 새로운 방식에 적응하는 것은 그리 어렵지 않았다. 자, 시작하자. P의 말에 K와 나는 동시에 게임기를 꺼내 들었다.

요즘 우리가 푹 빠진 게임은 '모여봐요, 동물의 숲'이다. 예정보다 출시가 늦어져 거의 1년을 기다렸다. 닌텐도가 유튜브에 뿌려놓은 떡밥을 보고 어찌나 설렜는지. 이 게임은 대체 언제 나오는 걸까 카톡방에서 열띠게 토론하는 것이 우리의 일과 중 하나였다.

　그렇다. 우리는 '동물의 숲' 고인물이었다. 시리즈마다 약간의 변화는 있지만 게임의 틀은 비슷했다. 동물들이 사는 숲속의 마을에서 자신의 캐릭터를 움직이며 놀면 됐다. 마을을 꾸미고 동물 이웃들과 친하게 지내며 물고기나 곤충을 채집해 상점에 팔아 돈을 버는 것이었다. 다른 게임처럼 엔딩을 보기 위해 밤을 샐 필요도 없었다. 그저 게임기를 켜고 내가 사는 마을을 살기 좋게 일궈놓으면 그만이었다.

　이번 시리즈에서 달라진 점 중 하나는 게임의 모든 요소에서 친구가 있어야 게임이 유리하게 진행되도록 설정된 것이었다. 친구가 내 마을에 와서 꽃에 물을 주면 희귀한 꽃이 피어날 확률이 늘어나거나, 내 마을에 없는 과일이 친구의 마을에만 있거나, 서로의 마을로 놀러 다니며 편지를 주고받아야 게임에 필요한 마일리지를 받을 수 있는 식으로.

"간사하도다."

이 시스템을 P는 한 문장으로 축약했다. 귀여운 캐릭터로 눈속임을 하고 있지만 이번 시리즈는 분명히 유저를 기만하고 있었다. 모름지기 동물의 숲은 현실과 완벽하게 단절되어 나만의 마을을 만드는 것에 의의가 있건만. 세상과 소통할 수밖에 없게 만들어놓다니. 링피트를 출시해 억지로 운동시키는 것으로 모자라 친목까지 하게 만든 닌텐도, 이 간사한 회사, 오타쿠 히키코모리를 뭐로 보고! 발끈했던 것도 잠시, 내겐 든든한 동료가 있다는 것을 기억해냈다. 나의 오타쿠 친구들과 함께라면 게임 회사의 농간에 충분히 놀아나 줄 수 있었다.

"동물의 숲이 인류의 미래를 예측하고 있지."

"뭔데?"

"원시로의 귀환."

"넌 참 은은하게 웃겨."

P와 K의 대화를 들으며 나는 묘한 안정감을 느꼈다. 함께 모여 시시껄렁한 이야기를 늘어놓으면 일상의 근심 걱정쯤은 그저 우스운 농담이 되어버리는 것이었다.

"우리가 다 망해도 닌텐도는 절대 안 망할 거야."

K가 말했다. 나는 조용히 고개를 끄덕였다. 정말 그럴

것 같았다.

　우리는 현실과 가상 두 세계를 오가고 있었다. 동물의 숲은 항상 평온했다. 층간 소음으로 얼굴 붉히는 이웃 대신 다람쥐와 같이 무해한 주민을 만나 안부를 물었고 인터넷 사이트를 뒤져가며 최저가 가구를 고르는 대신 핼러윈 깜짝 이벤트로 비매품 옷장을 선물받았다. 손 세정제와 발열 체크대 대신 풍성한 열매를 맺은 체리나무가 마을 곳곳에 놓여 있는 것은 물론이었다.

　비슷한 점도 있었다. 예를 들면 대출금을 갚는 것. 게임 초반에는 열매를 수확해서 가져다 파는 것으로도 집을 살 수 있는데, 갈수록 집의 크기를 더 넓히고자 하는 욕심이 생겼다. 때문에 고강도의 노동을 불사하며 대출금을 상환해야 했다. 집이 끝이 아니었다. 상점에는 끊임없이 새로운 물건이 나왔다. 마음에 드는 가구나 옷을 사기 위해서는 또다시 돈이 필요했다. 그래도 게임에서는 전염성 바이러스가 돌지 않으니 다행이라고 해야 하나. 언제나 그렇듯 현실은 잔인했다. 새로운 일자리를 구할 새도 없이 통장의 잔고는 무섭도록 빠르게 사라졌다. 공원을 걷다 연못의 잉어를 마주하면 너굴 상점에 가져다 팔고 싶다는 상상을 수도 없이 했다.

엄마도 그랬다. 베란다 화분의 파릇한 잎사귀를 바라보며 이게 다 돈이면 얼마나 좋겠어, 하고 중얼거렸다. 집에 있는 날이 늘어날수록 이상한 상상을 하는 시간이 많아졌는데, 그건 비단 엄마와 나의 문제만은 아닌 것 같았다. 지하철역에서 사람들이 마구잡이로 쓰러진다고, 이건 모두 거대한 세력의 음모라고, 심지어 중국 음식을 먹으면 코로나 바이러스에 감염된다는 말도 돌았다. 누가 그런 말을 믿어, 하고 대수롭지 않게 생각했지만 엄마의 중국집에는 거짓말처럼 손님이 뚝 끊겼다. 결국 엄마는 가게를 포기할 수밖에 없었다. 월세를 감당할 수 없는 지경에 이르렀기 때문이다. 오래 일했어. 이참에 엄마도 좀 쉬어. 내 말에 엄마는 한숨으로 대답을 대신했다. 엄마의 집에 얹혀살면서 한 사람 몫도 제대로 해내지 못하는 내가 그런 말을 해도 되는 걸까. 목구멍에 걸린 죄책감이 따끔했다. 다 힘들지, 뭐. 나만 힘든가. 엄마는 그렇게 자신을 위로했다. 하지만 사실은 전혀 괜찮아 보이지 않았다. 엄마는 매주 토요일 로또를 사고 게임 머니처럼 돈이 뭉텅뭉텅 쏟아질지도 모른다는 얼토당토않은 기대를 하며 불행에 휩쓸려 나가지 않으려고 했다.

사실 우리는 어떤 대단한 미래를 바라는 것이 아니었

다. 그저 팬데믹 이전의 평범한 생활로 돌아가기를 원했다. 오붓하게 가족과 외식하던 때로. 거리낌 없이 친구들과 게임을 하는 밤으로. 단지 그뿐이었다.

"나왔어!"

K가 게임기를 치켜들고 소리를 질렀다.

"잭슨."

우리가 간절히 바라던 마을 주민이었다. 뿔테 안경을 쓴 냉소적인 표정의 고양이인데 워낙 인기가 많아 인터넷에서는 10만 원대에 거래되기도 하는 캐릭터였다. 이렇게 귀한 마을 주민이 똥손인 K에게 걸리다니.

"살다 보니 이런 날도 오는구나."

"팔 거야?"

내 질문에 K는 입을 다물었다. 인터넷 연결이 끊긴 건가 싶을 정도였다. K는 이내 천천히 고개를 저었다.

"우리 마을에서 살게 할 거야. 사랑도 듬뿍듬뿍 줄 거야."

이 매력적인 고양이 캐릭터가 진짜 이웃이 아니라는 사실쯤은 알고 있었다. 하지만 우리는 스크린 너머의 동물들이 숨 쉬고 있다고 믿기로 약속했다. 깨끗하고 예쁘게 가꿔놓은 마을에서 옹기종기 모여 살고 있다고. 보고 싶으면 언제든 볼 수 있고 만지고 싶으면 언제든 만질 수 있는 세상에서.

"잭슨이 바라는 것도 사랑뿐일 거야."

P가 말했다. 낯간지러운 소릴 한다며 웃어넘겼지만 K의 기쁜 얼굴을 마주하니 어쩐지 코끝이 찡해졌다. 우리는 모니터에 대고 캔 맥주를 부딪치며 그녀에게 찾아온 뜻밖의 작은 행운을 축하했다.

"가끔은 인터넷이 나보다 나를 더 잘 아는 것 같아."

"오래된 친구지."

"우리처럼?"

"우리처럼."

어느덧 자정이 다 되어가고 있었다. P가 먼저 자리를 떴고 K와 내가 차례로 화상 통화를 종료했다. 친구들의 얼굴이 사라진 모니터를 마주하자 문득 오늘 밤이 무척이나 고요하디고 느껴졌다. 나는 습관처럼 트위터를 켜서 타임라인을 둘러보았다. 자극적인 헤드라인의 뉴스, 제품의 성능을 요란하게 홍보하는 광고, 사적인 이야기를 늘어놓는 사람들, 그 속에서 나는 오늘 플레이한 게임의 캡처본을 업로드하고 P와 K를 태그했다. 우리가 만든 게임 캐릭터가 카메라를 바라보며 사이좋게 웃고 있었다. 곧장 K에게서 댓글이 달렸다.

"재밌었다. 다음 주에 또 보자."

K는 게시물에 하트를 누르는 것도 잊지 않았다. 나는 그녀가 남긴 작은 하트를 한참이나 바라보았다. 빨간색 하트는 조금씩 커져 사방팔방 福 자로 도배된 중국집 벽으로, 엄마가 튀겨준 탕수육을 나눠 먹고 깔깔대던 우리에게로 가닿았다. 다시 오지 않을 과거로 침잠해 들어가며 나는 K의 폭신한 목소리, '또 보자'는 인사를 붙잡았다. 그 다정한 언어는 빙글빙글 돌아 마음 깊은 곳에 안착했다.

나는 지난한 한 달을 살아내며 다시 찾아올 마지막 주 일요일 저녁을 기다릴 것이다. 이따금 K가 건넨 하트를 꺼내 보면서. 또 볼 수 있는 서로가 있음을 상기하면서. 친구들과 함께 무균 청정한 동물의 숲으로 들어갈 것이다. 열일곱의 밤, 그토록 즐거웠던 이유는 무엇이었을까. 그건 아마 아무런 제약 없이 나누던 온기 때문이었을 테다.

임현

언택트 시대의 간접 체험

임현

2014년 『현대문학』 신인추천으로 등단했다. 단편집 『그 개와 같은 말』과
중편소설 『당신과 다른 나』가 있다.

몇 해 전부터 학기 중에는 강의를 이유로 일주일에 사나흘은 지방에 내려가 있어야 했는데, 화요일 아침 일찍 행신역에서 KTX를 타고 내려갔다가 수업이 끝나는 목요일 늦은 밤이나 금요일 오전에 돌아오는 식이었다. 그곳에서 나는 시간강사로 '창의적인 글쓰기'나 '소설창작1' 같은 이름의 과목을 가르쳤다. 교통비나 식비를 제하면 남는 게 별로 없었으나 무엇보다 머무는 그 사나흘간 지낼 만한 곳이 필요했으므로 학교 근처의 고시원을 저렴하게 구해야 했고, 불가피하게 주말부부 생활을 해야만 했다. 그러니까 요즘엔 그렇지 않다는 것, 내 입장에서는 몹시 아이러니하게도 정부의 주도로 사회적 거리두기를 권장한 덕분에 근래 우리 부부는 결혼 이후 가장 많은 시간을 함께 보내게 되었다는 것이다.

연애 시절부터 아내는 취향이나 선호하는 것들이 나랑은 많이 달랐는데, 그래서 대개는 좋았던 것들이 더 많았다. 나로서는 한 번도 들어보지 못한 영화나 소설가의 이름을 알고 있을 때 좋았고, 초행길에서 자주 길을 헤매는 나를 대신해서 먼저 성큼성큼 앞장서는 그 당당함이 좋았으며, 무엇보다 닭다리를 굳이 양보하지 않아도 된다는 게 가장 좋았다. 퍽퍽살을 선호하는 아내 덕분에 나는 두 개 모두 눈치 보지 않고 먹을 수 있었다. 그러니까 과메기를 좋아하는 사람과 올리브 오일 파스타를 좋아하는 사람이 함께 식구가 된다는 것은 어딘가 의미 있고 멋진 일이라고 나는 생각했다. 뭐, 다소 은유적인 데가 없진 않으나 그런 작은 부분에서 앞으로 우리는 서로의 부족한 부분을 보완하고, 보충하면서 살 수 있을 거라는 기대를 하게 만들기 때문이었다.

물론, 결혼 이후 이러한 사소한 차이들은 곳곳에서 이전과 다른 불편함을 낳기 시작했다. 평소에도 아내는 건강식을 챙기는 사람이라, 귀리와 현미, 서리태와 각종 혼합곡을 섞은 식단을 좋아했는데, 문제는 거기 어디에도 백미는 들어 있지 않다는 점이었다. 숟가락으로 뜨면 찰기 없이 사방으로 흩어지는 밥알에 나는 좀처럼 적응이 되지 않았다.

아내의 입장에서 보자면 또 나름대로 내게 불만이 많았다. 예를 들어, 내가 좋아하는 동물 캐릭터 티셔츠를 아내는 끔찍하게 싫어했고, 계절 옷을 정리하다가 눈에 보이는 족족 모두 헌옷수거함으로 보내버렸다. 공동으로 사용하는 책장에 꽂힌 책들을 어떻게 배치하느냐 하는 문제로 괜한 신경전을 벌이기도 했고, 여름철 에어컨의 온도를 맞추는 일에서부터 겨울철 난방 문제까지 부딪혔다. 무엇보다 텔레비전 채널을 두고 다투는 일이 많았는데, 그중에서 아내는 프로야구 중계를 무척 싫어했다.

대신 EBS에서 방영하는 〈세계테마기행〉을 좋아했는데, 북유럽과 동남아는 당연하고, 부탄이나 아프리카 오지 어디를 방영하더라도 꾸준히 챙겨 보았다. 주중 저녁 시간에 본방 사수하는 것은 물론이고 케이블 채널에서 하는 재방송도 챙겨 보았다. 얼마 전에는 헝가리였나, 폴란드 편인가를 함께 시청하다가, 나는 우리가 얼마나 다른 환경에서 자라왔는지 새삼 발견할 수 있었다. 그러니까 아내를 만나기 전까지만 하더라도 나는 일부러 이런 프로그램을 시청하는 사람이 진짜 있을 거라고는 전혀 생각하지 못했는데, 예능 프로그램이라면 주변에도 매주 놓치지 않고 챙겨 보는 사람들이 많았고, 하다못해 〈그것이 알고 싶다〉나 〈세상에 나쁜 개는 없다〉 같은 교양 프로그램이라면 뭐, 나름 이해할 수 있을 것 같았다. 그러니까 나는 그날 아내와 내가 무엇이 다른지 알 수 있었다.

무엇보다 나는 여행이라면 모름지기 낮에는 계곡이나 바다에서 물놀이를 하고, 저녁에는 고기를 구워야 한다고 생각하는 편이었다. 그런 곳에서만 먹을 수 있는 싱거운 된장국이나 김치찌개를 끓이고, 마지막에는 라면도 끓이고 하는 것들이 가장 여행다운 거라고 생각했던 것이다. 그러나 나와는 달리, 아내는 〈세계테마기행〉에 나오는 동유럽 어딘가를 보면서도 "아, 저기 저 식당 진짜 괜찮았는데."라고 말하는 사람이었다. 무엇보다 낯선 명소나 관광지가 나올 때는 나중을 계획할 줄 아는 사람이었다. 나는 이전에는 한 번도 그런 생각을 해보지 못했었다. 그런 곳을 직접 가보겠다거나, 소개되는 식당을 방문해서 무얼 주문해야지, 같은 마음을 먹어본 적이 전혀 없었다.

아내를 만난 후로 나는 내가 이전과는 달라졌다는 생각을 자주 하게 되는데, 아내에게도 그런 말을 했다.

그러니까 이제는 그런 것들을 나도 조금쯤 계획하게 된다는 것, 당장은 아니더라도 몇 년쯤 뒤에는 우리 두 사람이 함께 여행을 하고, 텔레비전에서 봤던 명소나 식당들을 함께 방문하면서, "보던 것만큼 아주 맛있지는 않네?" 이런 소리도 하게 될 일들을 자주 상상하게 된다고 했다. 그게 나를 조금 행복하게 만든다고, 여유가 되고 팬데믹도 잠잠해지면 어디든 갈 수 있는 곳을 가보자고도 했다.

"그치. 내년 연말쯤에는 갈 수 있겠지?"

아내도 그때는 나와 비슷한 생각이었던 것 같다. 당장 갈 수 없는 아쉬움은 남았지만, 그럼에도 나중에는 꼭 갈 수 있을 거라는 기대를 품는 것만으로도 기분이 좋았다. 그러나 그것과 상관없이 아내는 어딘가 조심스럽게 내게 무언가를 더 물어왔다. 내가 없는 사이 누군가 찾아왔다고 했다.

"근데 있잖아. 당신 혹시 어제 베란다에서 담배 피웠어? 위층에서 냄새 때문에 뭐라고 하던데. 진짜 당신이 그랬어?"

비대면 수업이라는 것이 여간 성가신 일이 아니었다. 말이 좋아서 실시간 화상수업이지 함께 읽거나 토론을 나눌 만한 환경은 전혀 아니었는데, 수강생들의 접속 상태가 불량하거나 마이크나 웹캠이 제대로 작동하지 않거나, 무엇보다 도대체 저 화면 너머에서 각자 다들 무얼 하고 있는지 확인할 방법이 없었다. 별다른 농담을 한 것도 아닌데, 화면 속에서 혼자 웃고 있는 학생을 보고 있으면 지금 무슨 예능 프로그램 같은 걸 보고 있는 건 아닐까, 강한 의심이 들기도 했었다. 한번은 수강생 중 누군가가 마이크가 켜진 줄도 모르고, "아, 진짜 지루하네." 하는 소리를 그대로 내보낸 적도 있었다. 그렇다고 그걸로 트집을 잡거나, 화를 내거나 하기도 애매했는데, 그것을 성적 평가에 반영하거나, 태도 점수에 매기거나 하는 일도 내키지 않았다. 뭐…… 혼잣말을 좀 했을 뿐이니까. 민망하기도 하고, 당혹스럽기도 했으나 그보다는 그걸 니 혼자 들은 게 아니고 그 수업을 듣던 수강생 모두와 함께 들어버린 게 문제였다.

그래서 누가 지루하다는 걸까.

아무리 생각해봐도 결국엔 대답이 뻔한 질문을 스스로에게 자꾸 던지면서, 그게 내가 아닐 가능성들, 아닐 수도 있을 개연성 등을 혼자서 남몰래 따져보기도 했었다.

그 수업은 문예창작을 전공하는 1학년 학생들을 대상으로 하는 필수 과목이었는데, 혼잣말 아닌 혼잣말로 "지루하네."라고 말한 양경수는 그 수업에서 유일하게 홀로 3학년이었다. 말하자면 재수강인 셈이었고, 뭐 꼭 그게 아니더라도 어딘가 신경이 쓰이는 학생이었다. 소설창작 수업이라는 게 주로 학생들의 습작품을 함께 읽고 돌아가며 감상평을 나누는 식이었는데, 대개는 칭찬보다는 비난이 난무하는 자리였다. 특히 학년이 올라갈수록 전문적인 비평 용어들을 학습하고 나름의 논리까지 갖춘 뒤에는 그 공격력이 비약적으로 상승하게 되고, 그게 수업 분위기를 전반적으로 어색하게 만드는 원인이 되었다. 그러니까 경수가 꼭 그랬다는 것이다. 입학 이후, 오리엔테이션은커녕 오로지 비대면 원격수업을 들어본 게 전부인 신입생들에 비해 경수는 체급부터 달랐다.

합평을 시작하면 주로 후기구조주의자들의 이름과 개념을 차분하게 인용한 뒤, 각각의 작품마다 문장 단위로 분석하기에 이르렀는데, 그때마다 나는 지금 이 순간 내가 같은 학생이 아니라서 다행이다, 하루키가 와도 버티지 못하고 산산히 부서지겠네……, 하는 생각을 여러 번한 적이 있었다. 문제는 그게 다른 학생들의 전투력도 향상시키고 있었다는 점이었다. 말하자면 모두가 경수를 노리고 있었고, 경수에 대해서라면 할 말이 많아 보였다. 그러니까 내가 아내와 함께 부다페스트인지, 바르샤바인지 모를 도시를 〈세계테마기행〉에서 시청하기 바로 전날, 그러니까 수요일 오후 두 시 비대면으로 진행된 그 원격 화상 수업은 그야말로 장관급 인사청문회를 방불케 했다.

지금에 와서 생각해보면, 격앙된 학생들을 달래고, 보다 차분한 태도로 도움이 되는 방식으로 소설에 대해 이야기해보자고 제안했어야 했는데, 그러지 못했다는 후회가 든다. 그럼에도 그때는 뭐랄까……, 그냥 내버려두고 싶은 마음도 없지 않았다. 나로서는 직접 지적하거나 할 수 없는 말들을 누군가 대신하도록 방치한 것일 수도 있었다. 신입생들이 경수의 언어로 경수를 공격할 때 어쩌면 나는 내심 통쾌했던 게 아닐까. 무엇보다 그런 상황에서도 경수의 변함없는 태도가 나를 더 자극했던 것일지도 모른다.

얼굴이 붉어지거나, 그렇지 않다고 반박하거나 하는 대신, 오히려 한 번씩 고개를 끄덕이기도 하고, 별다른 표정 변화도 없는 경수가 나는 왠지 건방지게 느껴졌던 것 같다. 아무래도 그래서였다고 생각한다. 평소라면 단순히 학생들의 의견을 정리하고, 그럼에도 발견할 수 있는 가능성들, "글쓰기에서 가장 중요한 것은 잘 쓰는 것보다 계속 쓰는 겁니다." 같은 하나 마나 한 소리로 마무리 지으며 다분히 강의 평가를 염두에 둔 꿈과 용기의 명언 따위를 남기려 했을 테지만, 그날은 그러지 못했다. 무엇보다 눈앞에 경수가 직접 있었더라면 아마 달랐을 거라고 나는 생각한다.

원격 화상 수업의 화질은 하두리만큼 엉망이었고, 그마저도 마스크를 쓰고 있거나 어두운 조명 때문에 정확한 표정을 확인할 수 없었다. 만약 그렇지 않았다면, 나는 그때와 달리 조금 더 주의 깊게 살폈을 것이다. 상처받을 만한 말에는 어깨를 한 번씩 두드려주거나, 칠판을 두 번 가볍게 두드리며 다른 곳을 보도록 멈추게 했을지도 모른다. 아니라면 다른 학생들처럼 적어도 경수의 언어로 경수를 그대로 지적하지는 않았을 것이다. 무엇보다 이렇다 할 대꾸나 변명도 하지 않는 경수가 그렇게까지 얄미워 보이지는 않았을 것이다. 경수는 처음부터 끝까지 시종일관 어딘가 지루한 사람처럼 카메라만 들여다보고 있었다. 그리고 이윽고 좀 전과는 분명 다른 모습을 보이기 시작했는데 그게 나를 몹시 당혹스럽게 만들었다.

경수는 화면 속에서 고요하게 움직였다. "아, 진짜 지루하네."라고 조용하게 읊조릴 때처럼 정말이지 지루하고 익숙한 동작으로 무언가를 입에 물었는데, 그 순간에 나는 혹시라도 내가 지금 보고 있는 것이 잘못 본 것은 아닌가, 의심스러웠다. 그러나 라이터를 켜는 순간 경수의 얼굴이 잠깐이지만 분명하게 환해졌고, 불붙은 담배의 연기를 깊이 들이마신 뒤, 화면 위로 길게 내뱉을 땐 더 이상 의심할 수 없었다.

그날 나는 하던 수업을 잠깐 멈춘 뒤, 베란다에서 담배한 대를 피웠다. 평소라면 아파트에서 공동으로 관리하는 음식물 쓰레기를 배출하는 곳과 가까운 지정된 흡연구역까지 갔을 테지만, 그때는 맹렬한 적개심이 들었고 수치스러웠으며 당장의 분노를 참을 수가 없었다.

아내에게 이런 사정을 모두 설명한 것은 아니었다. 다만, 앞으로는 절대 그럴 일이 없을 거라는 약속을 여러번 반복해야만 했다. 공동생활에서 지켜야 할 에티켓이라든지, 비흡연자들에게 담배 냄새가 얼마나 불쾌감을

주는지, "당신은 몰라, 당신 냄새니까 모르지." 같은 말들
도 들어야 했는데, 그런 순간에도 나는 자꾸 경수가 떠올
랐다. 나를 불쾌하게 만든 진짜 이유는 무엇이었는지, 직
접적이고 근본적인 것, 그것을 설명하려 하면 할수록 어
쩐지 정작 무언가로부터 자꾸 멀어지는 기분이 들었다.
그런데 과연 그런 것도 간접흡연이라고 할 수 있나…….
좀처럼 결론을 내릴 수가 없었다.

(김상혁)

천재와 시간

김상혁

2009년『세계의문학』신인상을 수상하며 등단했다. 시집『이 집에서 슬픔은 안 된다』,『다만 이야기가 남았네』,『슬픔 비슷한 것은 눈물이 되지 않는 시간』, 산문집『만화는 사랑하고 만화는 정의롭고』가 있다.

"형, 오랜만이에요."

"어, 뭐야 결혼해?"

그럴 리 없는데. 오래 연락 없던 친구의 전화를 받으면 꼭 이런 말이 튀어나온다. 좀 어색하더라도 진지하게 안부를 묻는 편이 나을 것이다. 다음부터는 이러지 말아야지 다짐하면서 나의 수작을 웃음으로 넘기는 도영의 목소리에 귀를 기울였다.

"갑자기 아빠가 좀 많이 아프셔서요. 제가 여덟 번 강의를 다 못하게 생겼는데, 어떠세요? 수업 세 번 남았구, 합평이라 형이 그냥 가서 수강생 작품만 봐주면 되는데요."

"어어, 첫 날짜랑 시간 알려줘."

"근데 장소 때문에요. 형이 파주니까 가깝진 않아요."

"뭐, 서울 안쪽이면 다 가지. 어딘데?"

고덕동이니 서울이기는 해도 동쪽 끝이었다. 왕복 세 시간은 걸릴 테고 강의도 일곱 시 시작이라 퇴근길을 뚫고 지나야 할 판이었다. 아무리 아버지 일이어도 그렇지 굳이 파주 사는 사람한테 이런 데를 주는 건 아니지 않나? 원망스러웠다.

"한 달에 한 번이면 멀어도 그게 먼 건가, 뭐. 해야지."

"형, 진짜 고마워요! 근데 강의비도 적어서, 이게요."

전화를 끊고 나니 더욱 입이 썼다. 애당초 얘는 어쩌자고 한 달에 한 번, 회당 10만 원짜리 강의를 받았을까? 80만 원이어도 그쪽에서 선불로 준다니 마음이 혹 동했을까. 아는 사람 부탁이었을지도 모르고.

'Web발신. 2019/12/25 21:05. 입금 300,000원. 잔액 309,423원.'

지기가 수업료료 받은 돈은 세금 떼고 77만 얼마인데 나한테 강의 세 번을 맡기고 그냥 30만 원을 맞추어 보낸 것이다. 그걸 보니 또 마음이 짠하기도 하였다.

두 시간을 훌쩍 넘게 운전하여 도착한 곳은 고덕역 부근 오피스텔 건물이었다. 좁디좁은 주차장을 차로 이리저리 돌며 자리를 찾느라 십여 분을 더 보내고 나니 안 그래도 답답하던 가슴에서 열불이 났다. 517호. 그날 도영에게 전화로, 매월 문학잡지를 내는 사무실이라고 듣기는 들었는데. 이름은 잘 떠오르지 않았다. 사명이 적힌 현판을 들여다보아도 알 수 없었다. 네 자가 모두 한자로 적혀 있었는데, 무슨 무슨, 그 뒤에 '詩'자가 붙었고, 마지막 자는 '원' 아니면 '회' 같기도 하였다. 잠시 심호흡을 하고 문을 두드렸다. 마흔 정도 되어 보이는 남성이 과장되게 들뜬 목소리로 나를 반겨주었다. 그의 혈색이 무척 좋아서 나도 모르게, 등산 다니시는 분 같은데…… 하고 쓸모없는 짐작을 하며 신발을 벗었다. 그러고 나니 괴상한 편견이라는 생각에 혼자서 괜히 부끄러운 기분이었다.

"안녕하세요. 시 쓰는 김상혁입니다. 최도영 시인한테 듣기로는, 보통 돌아가며 서너 분씩 결석하니, 나머지 서너 분 정도 앉아계실 거라고. 그런데 오늘 결석이 없으신 거죠?"

"새 선생님 오신대서 이렇게 다―아, 모였습니다!"

혈색 좋은 남자가 씩씩하게 대답하는 사이 나는 길쭉한 타원형 테이블에 앉은 수강생 전원을 재빠르게 눈으로 훑었다. 여자 다섯 남자 둘. 연령은 들쭉날쭉하여서 이십 대 초반부터 사십 대 중반까지였다.

'누구지?' 수강생의 시가 인쇄된 종이 묶음을 들추다가, 문득 도영의 말이 떠올라 나는 잠시 고개를 들어보았다. 거기서 가장 어린 여자 회원인데, 천재 맞는 것 같아요. 혼자 나이 차이가 있어서 딱 보면 아실 거예요, 결석도 안 한다니까? 하지만 나는 이내 고개를 숙였다. 비슷하게 어려 보이는 여성이 셋이나 되었고 합평하는 수강생을 두고 천재니 뭐니 하는 말에 흥미가 없기도 하였다.

시를 쓰는 일보다 자신 있는 것이 시 보는 안목이었다. 그리고 지난 10년간의 강의 경험으로 보건대 수강생 천재란 없다. 습작생은 시의 전반적인 완성도를 고려할 필요가 없기 때문에 빛나는 한두 구절을 적어내는 것이 오히려 수월하기도 하다. 맥락 안에서 빛나는 문장, 맥락과 함께 아름다울 수 있는 문장은 극히 드물다. 수많은 강의실을 드나들며 나는 여러 명의 천재를 만나왔고 개중에 진짜 천재는 단 한 명도 없었다. 도영아, 너 아직 멀었어. 네 안목이 그러니까 네가 쓰는 시가 그런 거야.

"우선미 선생님이 쓰신 게 맞죠?"

그날의 마지막 시였다. '입문'이라는 재미없는 제목에,

A4 반쪽 분량, 행갈이 없는 박스 형태의 작품이었다.

"의심하는 건 아닙니다. 의심이 들 만큼 잘 썼다는 말이죠."

선미 씨는 아무 대답도 하지 않았는데, 내가 먼저 말을 덧붙이고 있었다.

"네, 제가 썼고. 여기 다니면서 쓰기 시작했어요. 6월에 첫 작품을 가져왔는데, 최도영 선생님이 칭찬을 많이 해 주셔서요, 그 뒤로 한 달에 한 편씩 쓰고 있습니다."

말투도 놀라웠다. 칭찬을 받으면 보통은 부끄럽다는 티를 더 내거나 아니면 부러 상대의 칭찬을 부정하거나 하여튼 다소 굴절된 반응을 보일 법도 한데 선미 씨는 담담하기 그지없었다. 무슨 종이라도 들고 그걸 읽고 있나 싶을 정도였다. 우리 대화를 듣는 나머지 여섯의 반응도 비슷하게 담담하였다. 몇은 선미를 자랑스러워하는 기색을 비추기도 하였다.

"합평 소감을 나누기 전에 잠시만 쉴까요? 그런데 선미 선생님, 이전 수업에 쓴 작품도 지금 있으세요?"

선미 씨는 검은색 작은 백팩에서 종이 몇 장을 꺼내어 나에게 건네었다. 나머지 다섯 편이었는데 하나같이 박스 형태의 산문시였고, 제목은 '천공' '오수' '파고' 등이

어서 다 재미가 없었다. 그런데 시가 말도 안 되게 강렬하고 아름다웠다. 지금껏 내가 발표한 수많은 작품 중에 이렇게 좋은 게 있었나? 아니, 여기에 비할 만한 작품이 단 한 편이라도 있을까? 잠깐 휴식 후에 내가 무슨 말을 하였는지는 거의 기억이 없다. 최도영! 이 멍청한 새끼가! 천재 맞는 것 같아요? '맞는 것 같다'고? 네 안목이 그러니까 네가 쓰는 게 그따위지?

나는 집으로 돌아오자마자 아내를 붙잡고 미친 듯이 이야기를 쏟아내었다. 그러다 보니 너무 호들갑을 떤 게 아닌가 싶어서 막상 아내에게 선미 씨의 작품을 보여주려 할 때는 조금 망설여지기도 하였다. 과연 다시 읽어보아도 아까만큼 좋을지 확신이 서지를 않았던 것이다. 종이를 받아든 아내가 작품을 읽기 시작하자 나는 괜히 안달이 났다.

"아니 그게, 또 그렇게 좋지는 않을 수가 있어. 아무래도, 딱 여섯 편 가지고 있는 건데. 우리가 읽는 취향도 좀 다르잖아. 거기, 그런데 거기, 지나고 나면 더 좋기는 하더라고. 도입부가 약간 동의가 어려울 수가 있는데……."

"조용히 좀 해봐!"

아내에게 허벅지를 맞은 후에야 나는 입을 다물 수 있었다.

"나머지 다섯 편도 이렇다고?"

아내의 저 물음은 동의와 공감의 의미였다. 내 안목이 틀리지 않았다는 확신이 생기자 나의 목소리 또한 덩달아 낮아지고 진지해졌다.

"어. 호들갑 아니지? 여섯 편인데 빼고 더할 문장 하나가 없다니까?"

"정확히 몇 살인데?"

"다음 해에 스물둘. 곧 3학년 올라가."

이듬해 1월에 출판사 내부 수리가 있어서 다음 수업은 2월 23일 일요일이었다. 문제는 코로나였다. 혈색 좋던 남자 분이 코로나 양성 판정을 받았다는 소식을 수업 이틀 전에 전해 들었다. 그렇게 추이를 지켜보자며 한 주 연기된 수업은 코로나가 확산되자 결국 기약 없이 중단되었다. 출판사 측에서 환불 신청을 받아보니 수강생 일곱 가운데 코로나에 걸린 남성을 포함하여 세 명이 빠져나갔다. 몇몇에게 항의가 있었던 모양이다. 강의가 이미 절반 이상 진행되었으니 평소 같으면 환불이 불가했을 터이지만 상황이 상황이니만큼 출판사도 어쩔 도리가 없었던 것이다. 다행이라고 말하기도 무엇하지만, 하여튼 나도 도영도 선불로 받은 강사료의 일부를 뱉어내지는 않았다. 출판사의 배려였다.

3월 초, 수업에 남은 수강생 명단을 받아보았고 거기에는 우선미도 있었다. 그것으로 되었다 싶었다. 신춘문예 공모 기간이 진작 끝난 것은 어쩔 수 없지만 코로나 때문에 주요 문예지의 신인상 공모 몇 개를 더 흘려보내야 하는 게 못내 아쉽기는 하였다. 지난 수업 시간에 대충이나마 공모 일정을 일러주었으니 우선미 씨 스스로 작품을 투고하여 볼지도 모를 일이다. 전화라도 한번 걸어볼까 하였지만 내가 괜히 욕심을 부리는 것 같기도 했고 어쩌면 오해를 살 만한 행동이기도 하여 그만두었다. 초조할 이유가 없기도 했다. 그만큼 나는 우선미의 실력에 관하여 더할 나위 없이 확신하였던 것이다. 몇 달 문단에 늦게 나간다고 어찌 될 재능이 아니었다.

봄이 다 지나도록 코로나 확진자는 줄지 않았다. 오히려 8월에는 코로나 2차 대유행을 염려하는 뉴스가 쏟아졌다. 수시로 폐쇄되는 어린이집으로 인하여 나와 아내는 대여섯 달을 네 살짜리 아들을 돌보고 달래는 일에만 매달려 살았다. 강의가 줄어드니 원체 형편없던 수입은 더욱 비참한 수준으로 떨어졌다. 아내와 나는 매일 어디가 아팠고 매번 어디선가 졸았다.

9월 말이 되자 상황이 좀 나아졌다. 어린이집이 돌아가기 시작하였고 여기저기서 강의가 다시 열리기도 하였다. 그렇게 글 쓰고 책 읽을 시간이 나자 우리 부부의 심신도 안정을 되찾아갔다.

2020년 10월 25일 일요일. 열 달 만에 다시 잡힌 고덕동 수업이었다. 하지만 세 시간 가까이 운전하여 도착한 그 사무실에 우선미는 없었다. 얼굴도 가물가물한 이십 대 남자와 사십 대 여자, 그렇게 수강생 둘만이 길쭉한 타원형 테이블에 덜렁 앉아 있을 뿐이었다.

"네 분이라고 들었는데……."

"두 분은 연락이 안 되네요. 선생님, 그런데 제가 시를 못 가져와서요, 오늘 시가 한 편뿐인데. 어쩌죠?"

여자 수강생이 다소 떨리는 목소리로 말을 이었다. 예전 그 혈색 좋던 선임 수강생의 역할을 어쩔 수 없이 떠맡은 것 같았다. 남자 수강생은 고개를 숙인 채 웃기만 하였고.

스무 문장도 안 되는 시 한 편을 가지고 혼자 두 시간을 떠들 수는 없었다. 실례가 되지 않는 선에서 수강생 두 명의 개인사와 시에 관한 그들의 열정을 샅샅이 캐내고 난 후에야 겨우 시간을 채울 수 있었다.

집으로 돌아와 다음 날 아침까지도 망설이다가 나는 우선미 씨의 번호로 전화를 걸었다. 다음 강의에는 올 거냐고 전화 한번 걸어보는 게 무슨 문제냐는 아내의 조언에 용기를 얻기도 하였다.

"우선미 씨 맞으신가요? 저, 시 쓰는 김상혁입니다. 저희 수업이 한 번 남아서……"

"죄송해요. 무슨 수업 말씀이신지요?"

"고덕역 근처 그 5층 출판사에서, 왜, 지난해 12월에 한 번 뵀는데요, 저, 시 쓰는 긴상혁이라고…… 아니, 그 최도영 시인 강의요."

"아! 안녕하세요! 아! 맞아요. 선생님, 당연히 아는데, 죄송해요."

"아닙니다. 한 번 봤는데 바로 기억하는 게 더 이상하죠."

우선미 씨는 환불 조치 이후 출판사나 선임 수강생의 연락을 전혀 받은 적이 없는 것도 같았다. 그래도 시 쓰는 사람이 시인 선생이나 창작 수업을 아예 잊고 지냈다고 생각하니 좀 섭섭하기도 하였다. 그러다가 문득 짚이는 데가 있어서 조심스레 물었다.

"혹시, 지금, 다른 수업 나가시나요?"

"네?"

"다른 데서 쓰고 계시나 해서요. 여기 휴강이 길었죠? 인원도 얼마 안 되니 수업 그냥 진행해도 됐는데. 한 분이 다른 데서 확진받고 하니, 출판사 운영하는 분이 겁을 드셔가지구."

"선생님…… 그런데 제가 취직을 해서요."

"출판사에요?"

지금 돌이켜보면 마지막까지 멍청한 반응이었다. 창작 수업을 듣던 사람이 취직한 곳이니까 출판사라는 식으로 생각하여버린 것이다.

"제가 전공이 그쪽이 전혀 아니라서요. 그냥, 홍보 회사 대학생 인턴인데, 요즘 같은 때 정말 운이 좋았죠."

"네, 그럼 다음 수업은……."

"솔직히, 저는 생각도 안 하고 있었는데. 그때도 그냥 재미로 들어본 수업이구, 시는 읽어본 적도 없고요. 잘 쓴다고 칭찬받아서 좋기는 했는데요. 코로나 있어서 시간도 많이 지났고."

아니, 내가 단순한 칭찬을 한 게 아니지 않은가. 현대 시 다 죽었다, 앓는 소리를 하기는 하여도 어느 신춘문예 시 부문은 요즘도 천 편 가까운 투고작이 들어오기도 한다. 그렇게 수많은 사람이 시를 쓰고 있고 자기 재능을 드러내려 안달이지만, 극히 소수만이 소위 메이저 지면으로 등단을 하며 그중에서도 선택받은 몇몇 시인만 첫 시집을 낸다. 그런데 우선미 당신은 천 명 중에 한 명도 아닌, 만에 하나, 그것도 아니지, 십만 명 중에 하나 나올까 말까 한 재능을 가진 것이다. 내가 분명히 그날 그렇게 말하지 않았나? 단언컨대 지난 십 년간 내가 엄청나게 많은 작품을 읽어왔으나 우선미 당신이 쓴 시만큼 강렬하고 아름다운 시는 단 한 편도 보지 못하였다고. 그 재능이 얼마니 기획 것인지 대체 내가 몇 번이나.

"재미가 없어요, 솔직히요."

"네?"

"앉아서 글 쓰는 게 너무 안 맞아서요, 저랑. 주변에 시 쓰는 사람도, 읽는 사람도 없고. 말씀하셨잖아요, 요즘에 시 읽는 사람 어차피 없다고. 그래서 눈치 안 보고 자유롭게 쓰신다고요."

"아니, 그게, 그래서 쓰지 말자는 게 아니라서⋯⋯."

"네네, 당연히 아는데, 죄송해요. 정말 적성에 안 맞아요. 다른 시 수업 나가느냐 물어보셔서 실은 못 알아들었어요, 바로."

"아, 네네, 적성이 중요하니까요, 사람이. 맞아야 하는 거죠, 다."

"선생님은 코로나 잘 피해가고 계시죠?"

"그럼요, 그럼요. 제가 다 완전히, 건강하죠. 그러면 출석부에 다음 수업은 못 오시는 걸로 체크해두어야겠네요?"

무언가를 체크할 출석부 같은 것도 없는데. 몇 마디 인사를 더 나누자 통화는 끝이 났다. 고덕동 수업은 앞으로 한 번이 남았다. 수업을 준비하는 동안 방금 전화를 끊은 우선미 씨의 마지막 말이 계속 맴돌았다. 김상현 선생님, 시집 나오면 꼭 사서 읽을게요! 김상현은 누굴까. 그에게도 나에게도, 별 상관은 없지만 말이다.

최정나

밝고 조용한 방

최정나

2016년 『문화일보』 신춘문예에 단편소설 「전에도 봐놓고 그래」가 당
선되어 작품 활동을 시작했다. 제9회 젊은작가상을 수상했으며, 소설
집 『말 좀 끊지 말아줄래?』가 있다.

나는 집에서 소설을 썼다. 그러다가 답답해지면 카페로 나갔고, 거기서도 지루해지면 다시 집으로 돌아왔다. 얼마 전부터는 전 세계적인 팬데믹이 닥쳤기 때문에 꼼짝없이 집에 틀어박혀 지내게 되었다. 그러던 중 집 앞에서 공사를 시작했다. 한순간에 집이 공사판으로 변모한 것 같았다. 집중력 훈련을 하는 것도 아닌데 공사판 한가운데 책상을 두고 앉아 있는 기분이 들었다.

지상 20층, 지하 5층짜리 건물 두 개 동을 짓는다고 했다. 터 파기 작업 중에 암반을 발견했고, 그걸 쉽고 빠르게 없애려면 뇌관을 심거나 화약을 쓰면 되었지만 그렇게 하지 못했다. 건물과 건물은 터를 나눠 썼고, 지상뿐 아니라 지하로도 모두 연결되어 있었기 때문에 자칫하면 주변 건물이 무너질 수도 있었다. 그러니까 저쪽이 흔들리면 이쪽도 영향을 받는 거였다. 현장 소장은 유압식 대형 브레이커를 이용해 암반에 구멍을 내고 거기부터 조금씩 파쇄해가는 방법을 쓴다고 했다. 그건 망치로 바위를 깨는 것과 다르지 않았지만 문제는 그 바위가 거대 암반이라는 점이었다. 현장 소장에게 직접 들은 건 아니었고, 구청 직원이 전해준 이야기였다.

오전 여덟 시부터 들려오는 공사장 소음은 오후 다섯 시까지 계속되었다. 몇 달이 지나도록 돌을 깼고, 지축을 갈아엎는 소리에 상인은 물론 주민도 짜증을 부리거나 다투는 일이 늘어났다. 나는 폭발 직전이었다. 마감은커녕 반복되는 쇳소리를 듣고 있으면 정신병에 걸릴 지경이었다. 파쇄 작업은 4개월 정도 더 걸린다고 했다. 그런 다음 본격적인 건축 작업에 착수한다고 했다. 나는 계획에도 없는 작업실을 구하려고 마스크를 챙겨 밖으로 나갔다.

작업실로는 매우 적합한 방입니다. 특히나 조용하다는 게 장점이지요. 수납장도, 수납장을 놓을 공간도 없는 원룸을 보여주며 부동산 중개인은 말했다.

수행자의 방으로는 적합할 수도 있겠군. 다음 날 나는

산을 깎은 자리에 옹벽을 치고 들어선 빌라에 앉아 생각했다.

다행인 것은 방에 비해 제법 큰 창문이 있다는 거였다. 야트막한 산과 면해 있는 유리창으로 무성한 나무숲이 흘러 들어왔다. 창문을 열고 손을 내밀면 감나무 잎사귀를 만질 수도 있었다. 산사태 위험지역으로 출입이 금지된 산에는 당연히 사람이 다니지 않았다. 건물이나 불빛은 물론 오솔길조차 없었다. 그러니까 문명의 흔적이라고는 아예 없었다. 이렇게 된 김에 나는 당분간이라도 수행자의 삶을 살아야겠다고 결정했다. 아니, 그럴 수밖에 없었다. 생활이 단출하다는 건 홀로 궁리할 시간이 많아진다는 거니까 어떻게 보면 좋은 거였다. 종교하고는 상관없었다.

불행 중 다행이라고 해야 할까? 코로나19가 가져온 사회적 거리두기로 인해 사람과 만나는 횟수도 줄어들었다. 내 의지의 반영이라고 할 수는 없었으나, 개인의 의지라고 할 만한 게 있다고도 생각하지 않았으므로 자연스러운 결정이었다. 아니, 자연스럽게 결정되었다. 무리 지어 함께 다니는 건 인간의 생존에 도움을 줄지 모르지만 인간의 사유에는 별 도움을 주지 않는 데다, 팬데믹 상황을 긍정적으로 활용하면 거기서 생각지도 못한 게 나올 수도 있었다. 이를테면 새로운 거! 그런 생각을 하자 뭔가 대단한 계획을 세운 것 같았고, 느닷없는 기쁨이 몰려들었다.

수행자에게 요가가 빠질 수 없지! 나는 홈 트레이닝 요가 앱 여러 개를 비교하고 그중 마음에 드는 걸 골라 스마트폰에 설치했다. 그러느라 앱이 요구한 개인 정보를 주고 회원 가입을 해야 했다. 월정액을 지불한 후 뮤직 앱에 접속해서는 음악도 들었다. 요가 수행에 도움을 주는 음악은 차고 넘쳤다. 오전에 글을 쓰고, 점심 전 홈 트레이닝 요가를 마쳤으며, 샤워 후 식사를 하고 다시 글을 썼다. 그리고 창밖을 내다보며 새 소리, 바람 소리, 나무 소리를 듣다가 다시 책상에 앉았다. 그런 생활의 반복이었디.

단순한 생활은 비할 바 없는 기쁨을 주었다. 그러나 때때로 적막감이 밀려들었고, 순식간에 고독해졌다. 그럴 때마다 수행자 생활을 하기로 했으니 당연한 거라고 다독였다. 그간 외부의 것에 너무 신경 쓰며 살았다는 생각이 들었다. 집단이 개인의 무의식이고 그러므로 외부가 내부라고 생각해왔기 때문에 개인의 내부가 특별하다고 여기지는 않았지만 모를 일이었다. 나는 단출한 생활을 이어갔다. 대체로는 혼자 있는 시간을 즐겼는데 가끔 좀이 쑤시기는 했다. 그러면 쇼핑을 했다.

작업실에는 필요한 게 많았다. 쇼핑을 하려고 포털사이트를 열면 검색하기도 전에 관심을 끄는 물건이 화면 가득 쏟아져 나왔다. 유튜브나 소셜 네트워크 서비스도 마찬가지였다. 예전에 검색했던 상품을 기억했다가 같거나 비슷한 걸 보여줬다. 쇼핑몰 광고는 물론 데시벨의 법적 처벌 기준 따위를 알려주는 영상도 나왔다. 새로 나온 작업실을 보여주기도 했다. 나는 사무 집기와는 상관없는 것들을 살펴보다가 그다지 필요하지 않은 물건 몇 개를 구매하기로 결정했고, 아니, 부지불식중에 그렇게 결정되었고, 그러느라 기억나지 않는 아이디와 비밀번호를 찾아야 했다. 내가 애쓰는 걸 알았는지 구글이 미리 저장해둔 개인정보로 자동 로그인을 할 수 있도록 도와줬다.

역시 비대면 다음은 온택트! 나는 곧바로 인공지능 프로그램을 활용해 스마트 홈, 아니, 스마트한 작업실을 꾸미기로 했다. 귀찮은 일이기는 해도 비용이 많이 들지는 않았다. 저가형 로봇 청소기와 조명을 사고 스피커도 샀다. 앱을 이용해 전자 기기를 작동시킬 거였다. 그러는 동안 카드 정보와 쇼핑 목록, 검색 정보 따위의 개인 정보가 자꾸만 어디론가 빠져나갔다.

왜 이렇게 불쾌하지? 이제 그들은 내가 어디에 사는지, 공동 현관 출입 번호가 무엇인지, 어떤 카드를 쓰며 어떤 물건에 관심을 보이는지, 무엇을 샀는지, 무엇을 살 건지 모두 알게 되었으며 심지어 작업실을 어떻게 꾸몄는지, 그 안에서 무슨 생각을 하는지 나보다 더 잘 알게 되었다. 그들이 내가 누구인지 알아내는 동안 작업실은 점점 스마트하게 변신해갔다.

인공지능과 한 몸이 되었어. 나는 스마트폰에 대고 자랑했다.

꽤나 스마트해졌는걸. 내 얘기를 들은 친구는 그렇게 대꾸했다.

이제 수행자로 살기만 하면 되는 거지. 나는 고개를 끄덕이며 말했다.

이제가 언젠데?

준비 작업을 마쳤으니 곧이지.

젠장, 준비 작업만 하다가 죽겠군.

아니지. 이제 미친 듯이 수행하는 소설가의 모습을 보

게 되는 거지.

이미 미친 것 같은데?

작업실 위층 사람들은 툭하면 쿵쿵거렸다. 화상 회의를 위한 가구 재배치인가? 매일 이리저리 가구 옮기는 소리가 나서 처음에는 그렇게 생각했다. 쇠구슬을 바닥에 굴리는 소리도 났다. 덤벨인가? 그렇다면 홈 트레이닝 유튜버? 아니면 그냥 홈트 하는 중? 구체적으로 추측해 보아도 내가 할 수 있는 생각이란 내 생활처럼 빤한 데다 그 외에는 떠오르는 게 없었고, 중요한 일도 아니어서 금세 잊어버렸다.

밤샘 작업을 하던 여름밤, 위층에서 남자와 여자가 술 마시는 소리가 창을 통해 흘러 들어왔다. 둘은 화기애애하게 시끄러웠는데 술에 취해 기분은 좋은 것 같았다. 그러고는 몇 분 지나지 않아 통곡 소리가 이어졌다. 급변하는 전개 탓에 잘못 들은 건 아닌가 싶었지만 확실히 여자는 대성통곡 중이었고 야밤에 곡소리를 듣는 건 생각보다 으스스했다.

무더웠던 어느 주말 저녁에는 밖에서 비명이 들려왔다. 정말로 위험에 처했을 때 나오는 다급한 소리였다. 나는 여차하면 경찰에 신고할 생각으로 스마트폰을 집어들고 밖으로 나갔다. 주머니에서 마스크를 꺼내 쓰고는 계단을 뛰어 일 층으로 내려갔다. 비명은 외부에서 난 게 아니었다. 내부에서 난 거였다. 엘리베이터 안에 꼼짝하지 않고 서 있는 여자는 밖에 있는 남자와 대치 중이었다. 나를 본 여자가 왜 그러느냐는 듯한 표정을 지었는데 마스크를 쓰지 않아 비죽이는 입꼬리가 다 보였다.

비명을 들었는데요. 나는 멀찍이 떨어져서 조심스레 말했다. 신고해드릴까요?

여기는 내 집인데요. 여자는 별 참견을 다 한다는 눈빛으로 나를 똑바로 바라봤다.

내 집이니까 신고하라는 말인지 아닌지 헷갈리고 있을 때 남자가 여자의 말을 되받아쳤다.

이게 어떻게 네 집이냐? 내 집이지!

그들의 목소리를 듣고서야 나는 상황을 파악했다. 서른이 될까 말까 한 커플이었고, 다툼 중이었으며 남자의 집에서 쫓겨나기 싫은 여자가 엘리베이터 안에서 버티고 있는 거였다. 돌아서는 내 뒤통수에 대고 여자가 화풀이하듯 물었다.

그쪽이 테라스에서 쓰레기를 버리는 건가요?

나는 엘리베이터에 나붙은 프린트물을 떠올렸다. 계단식 구조로 설계한 건물은 위층 테라스에서 쓰레기를 버리면 아래층 테라스로 떨어지게 되어 있었다. '테라스에서 쓰레기를 버리지 맙시다! 공동주택 생활의 예의를 지킵시다!' 프린트물에는 그렇게 씌어 있었고, 그 밑 여백에는 '야밤에 통곡 금지! 첫새벽 통곡도 금지!'라는 글자가 펜으로 휘갈겨져 있었다.

제 집엔 테라스가 없는데요. 나는 정확하게 말하지 않고 그렇게만 대꾸했다.

그들은 내가 있는 곳을 잘못 아는 것 같았으나 굳이 내입으로 내 정보를 누설해서 겪지 않을 수도 있는 불편을 겪고 싶지는 않았다. 나는 다시 계단을 올라 작업실로 돌아왔다. 뜨거운 여름 볕의 과잉한 에너지 때문인지 집 안에 갇혀 지낸 탓인지 어쨌거나 우리 모두가 지나친 화기火氣에 빠져 있다고 생각하면서.

어느 날 모기향을 피워놓고 모기를 쫓고 있는데 위층에서 뭐라고 하는 소리가 들렸다. 나는 모기향을 끄지 않았다. 음악을 틀어놓고 오랜만의 짧은 여유를 즐기고 있는데 또 뭐라고 하는 소리가 들렸다. 나는 음악도 끄지 않았다. 나직하게 노래를 따라 부르고 있는데 이번에는 옆

집에서 욕설이 터져 나왔고, 나는 즉각적으로 노래하는 걸 중지했다.

그 뒤로 나는 작업실에서 살금살금 다녔다. 책상에 앉는 것도, 키보드를 두드리는 것도, 책상 서랍이나 방문을 여닫는 것도, 화장실에 가는 것도, 통화하거나 재채기하는 것도 모두 조심했다. 그들이 내는 소리가 내게 전달되듯 내가 내는 소리도 그들에게 전달될 거였다. 나는 그게 불편했다. 급기야는 스테이플러를 찍는 것도, 원고를 찢는 것도 죄다 조심했다. 과한 걱정이라는 걸 알면서도 감시당하는 느낌을 떨쳐낼 수 없었다. 유리창에 감시자의 눈이 다닥다닥 붙어 있는 것 같았다. 그런 생각을 하자 바닥이나 천장도 누군가의 귓바퀴처럼 보였다.

정말 감옥 같군.

수행자가 되기도 전에 수감자가 되어버린 기분이었다. 사적인 공간도 지나치게 공적이라고 생각하자 정말로 유리 감옥에 갇힌 느낌이 들었고, 내 생활이 전라로 전시되는 것만 같았다.

유리창으로 바람이 살랑살랑 지나는 게 보였다. 나는 숨죽인 채 창밖을 내다봤다. 바람에 숲이 일었다. 나뭇잎이 저들끼리 부딪쳐 파도 소리를 냈다. 파도 소리라고 생각하니 감은 눈꺼풀 안에서 파도가 밀려왔다가 밀려 나갔다. 흰 거품이 모래를 적시고, 안으로 스며들고, 다시 밑에서 빠져나갔다가 다시 몰려와 모래 색을 더 진하게 바꿨다. 갈매기가 청명한 하늘 위로 날아오르자 눈꺼풀 안에서 뭔가 움직이는 게 느껴졌다.

나는 눈을 떴다. 햇빛이 비쳐든 벽면에 팔랑팔랑 그림자가 나부꼈다. 창문이 벽면에 그대로 비쳐 보였다. 나는 두 개의 창문을 번갈아 보다가 다시 기분이 좋아져 벽을 응시했다. 그림자 안에 바람이 보였다. 나뭇잎이 움직이는 것도 보였다. 나뭇가지에 새가 앉았다. 나는 그림자를 보고 인사했다. 내 목소리에 놀란 새가 푸드덕거리며 허공으로 날아올랐다. 속이 비치는 얇은 커튼이 출렁이자 벽면이 하늘하늘 너울졌다. 뭉글뭉글 먹장구름이 드리운 것 같기도 했다. 날이 저물어갔다. 희미해진 그림자 안에서 머리카락을 늘어뜨린 기괴한 형상이 모습을 드러냈다. 검은 형상은 나를 보고 있었다. 흠칫 놀라 유리창으로 시선을 돌렸다. 아무도 없었다. 그런데도 누군가 안을 들여다보고 있는 것 같았다. 나는 두려움에 떨면서도 실없다는 생각에 웃음이 났다. 내가 그들을 두려워하듯 그들도 나를 두려워하며 이런 말을 할 것 같았다. 조심해! 저 여자, 망상증에 빠졌어. 그러자 실제로 창을 넘어 목소리가 들려왔다.

조심해! 신경증에 걸린 여자가 우리를 지켜보고 있어.

나는 숨을 멈추고 창밖에 귀 기울였다. 밖은 다시 조용해졌다. 이상한 기분이 들어 찬찬히 작업실을 훑어봤다. 반쯤 열려 있는 노트북이 나를 노려보고 있었다. 나보다 나를 더 잘 알아서 쉴 새 없이 화면을 채우던 것들이 입을 벌린 채 내게 다가오는 것 같았다. 충전 중인 스마트폰에서는 계속 알림이 떴다. 그럴 때마다 화면이 켜졌다가 꺼졌다. 로봇 청소기가 스르르 움직였고, 시간을 설정해 놓은 조명에 불이 들어왔다. 갑자기 공간이 흔들리며 출렁이더니 작업실 가득 파도가 밀려드는 것 같았다. 나는 느닷없이 망망대해에 빠져 허우적거리는 기분이 들었는데 그런 생각에 휩싸이자 정말로 숨을 쉴 수 없었다. 아무 일도 벌어지지 않았으며 벌어지지도 않는다는 것을 이성으로는 알았지만 감각은 그렇지 못했다.

나는 작업실에서 나와 1층으로 뛰어 내려갔다. 공동 현관 출입문이 자동으로 열려서 그대로 밖으로 나갔다. 옹벽 옆에 주저앉은 나를 CCTV가 찍고 있었다. 구역질이 났다. 몸 안에 있던 뭔가 입을 통해 울컥울컥 쏟아졌는데 만천하에 나를 누설하는 기분이 들었다. 그러나 바닥은 깨끗했다. 발작은 에로스의 역설이다. 그러니까 나는 살고자 하는 거였다. 그것은 나와 대지大地, 그리고 저 야트막한 산이 다르지 않았다. 나는 옹벽을 짚고 일어나 이제는 완전히 어둠에 잠겨 있는 산을 바라봤다. 바람에 숲이 일자 나무 뒤에 숨어 있던 비쩍 마른 몸이 스르르 걸어 나왔다. 나는 몸을 움츠리며 다른 데로 시선을 돌렸다. 거기서도 죽은 얼굴들이 모습을 드러내며 나를 향해 다가오고 있었다. 사방에 숨어 있던 수많은 몸이 눈을 번뜩이며 몰려들었고, 그들은 곧 산사태처럼 내게 들이닥칠 거였다.

김유담

계획 밖의 일들

김유담

2016년『서울신문』신춘문예에「핀 캐리」가 당선되어 작품 활동을 시작했다. 소설집『탬버린』으로 신동엽문학상을 수상했으며, 경장편소설『이완의 자세』가 있다.

코로나 시대의 육아

2019년 연말, 소설가 K는 새 달력을 넘겨보면서 다가 올 새해 계획을 세웠고, 열의에 가득 찼다. 2010년대를 떠나보내고 새로운 2020년대를 맞이하는 기분은 예년의 연말과는 사뭇 달랐다. K는 이듬해 봄에 첫 소설집 출간 을 앞두고 있었다. 2020년에 대한 막연한 기대를 품는 것 은 첫 책에 대한 부담감과 걱정을 조금이나마 누그러뜨 리는 데 도움이 됐기 때문에 새해에는 지금보다 좋은 일 이 생길 거라는 희망을 억지로라도 부풀려야 했다.

소설가 K에게 지난 2019년은 사실상 육아휴직 기간이 나 다름없었다. 그녀는 젖먹이 아기를 키우느라 육아에 매달릴 수밖에 없었다. 소설가보다는 엄마로서의 의무가 먼저였고, 그녀의 하루 일과는 아이에 맞춰졌다. 아이를 먹이고 씻기고 돌보는 일이 가장 시급하고 중요한 일이었다. 예전처럼 아침에 일어나자마자 커피를 내려 마시고 책상 앞에 앉아 노트북을 켜는 일상은 상상도 할 수 없었고, 업무 메일에 답장하는 것조차 낮 시간에는 도통 시간이 나지 않아 아이가 잠든 후에야 기진맥진한 상태로 자신의 이메일 계정에 접속했다. 엄마가 아닌 소설가로 '모드 전환'이 이뤄져야 하는 시간이었지만 학창 시절에 좋아하던 단어와 숫자를 조합해 만든 자신의 이메일 주소와 소설가라는 직함 모두 낯설게만 느껴졌다. 소설가 K는 천천히 이메일을 작성했다.

'안녕하세요, K입니다. 메일 잘 확인했습니다. 정말 죄송합니다만……'

아이가 둘이 되기 전까지 소설가 K는 메일로 제안받은 일들을 거절하거나, 청탁받은 소설 원고를 내년으로 미뤄주십사 부탁하면서 내년을 기약하는 일이 잦았다. 어쩔 수 없는 일이라 생각하면서도 신인 작가에게 주어진 귀한 기회를 이대로 날려버리는 것은 아닐까 걱정했다. 기획의 특성상 미루지 못하거나 거절하기 어려운 원고 몇 건은 차마 놓치지 못하고 쪽잠을 자며 겨우 마감을 해서 송고했다. 그럴 때마다 조금만 더 시간이 있다면 더 나은 글을 쓸 수 있었을 거라는 아쉬움이 남았다. 소설가 K는 아이와 살을 비비면서 행복한 감정에 젖어들다가도, 아이를 돌보느라 돌보지 못하고 있는 소설 원고를 생각하면 마음이 무거워지곤 했다. '내년에는 나에게 좀 더 많은 시간을 줘야지.' 내년이 되면 나아질 거라는 말을 입버릇처럼 되뇌며 소설가 K는 2020년을 기대하고 고대했다. 아이가 돌이 지나고 만 15개월이 되면 어린이집에 보낼 계획이었고, 아이가 어린이집 적응을 무사히 마치는 대로 미뤄둔 원고 작업을 시작할 작정이었다.

대망大望의 2020년이 밝았고, 소설가 K는 아이를 돌보면서 3월에 출간될 소설집 교정을 틈틈이 보았다. 2010년대에 썼던 소설들을 2020년에 묶어 책으로 내는 일은 스스로를 약간의 감상에 젖게 만들기도 했다. 소설집이 출간되면 낭독회 등의 행사를 통해 독자들을 실제로 만날 기회도 있을 거라는 이야기를 편집자가 해줬다. 소설가 K는 설레는 마음이 들었다. 아이를 낳은 후 사람들을 거의 만나지 못하고 줄곧 집에서 지내왔던지라 외부 활동을 하게 된다는 것만으로도 들뜬 기분이 됐다.

K는 집에서 가까운 어린이집에 아기의 입소가 가능하

다는 연락을 받고 상담을 다녀왔다. 따뜻하고 아늑한 공간이었고, 선생님들 또한 훌륭해 보였다. 2020년 3월이 되면, 많은 것들이 나아지리라 생각했다. 코로나19의 확산세가 거세지기 전까지는 그런 기대를 했다. 어린이집에 보낸다고 육아의 파라다이스가 펼쳐지는 건 아니라고, 여전히 소설 작업은 힘들 거라는 육아 선배들의 직언을 들을 때면 마음이 무거워지곤 했지만, 소설가 K는 하루 대여섯 시간만 아이를 믿을 수 있는 기관에 보낼 수 있다면 그것만으로도 감지덕지라고 생각했다. 여느 소설가가 그렇듯 소설가 K에게는 규칙적으로 읽고 쓰는 시간이 절실하게 필요했다.

팬데믹이 전 세계를 덮치면서 소설가 K는 모든 계획을 수정할 수밖에 없었다. 아니, 더 이상 어떤 계획도 세우기가 어려워졌다. 아이의 어린이집 등원은 무기한 연기됐고, 외출을 최대한 자제한 채 아이와 집에서만 시간을 보냈다. 일주일에 한 번 가던 문화센터, 종종 찾아가 시간을 보내곤 했던 집 근처 키즈 카페도 위험해 보여 발길을 끊었다. 16개월에 접어든 아이는 에너지가 넘쳐났다. 그런 아이와 하루 종일 집 안에서 씨름을 하다 보면 없던 병도 생길 것 같았다. 그나저나, 소설은 어떻게 하지. 책은 나올 수 있을까. 소설가 K는 아이를 돌보며 소설 걱정을 했고, 아이가 잠든 후 소설집 교정지를 들여다보다가 불현듯 자신이 없는 사이 무슨 일이 벌어지진 않았는지 걱정되는 마음에 아이 방으로 뛰어 들어가 잠든 아이를 살폈다.

K는 하루하루 허덕이며 사느라 정신이 없었다. 주변의 지인들 또한 쉽지 않은 나날을 보내고 있었다. 학교도, 유치원도 모두 문을 닫으면서 엄마들은 아이와 함께 꼼짝없이 집에 갇혀 지내야 했다. 아이를 키우는 친구들에게 안부를 묻는 메시지를 보내면 다들 미칠 것 같다는 답신이 돌아왔다. 출퇴근을 해야 하는 맞벌이 부부들은 사정이 더 심각했다. '코로나19로 인한 돌봄 재난 사태'라는 기사가 포털사이트 메인에 게재됐다. 코로나19의 확산세가 심해지면서 어린이집, 학교 등 공적 영역의 돌봄 서비스 수급에 지장이 생기고 이는 고스란히 각 가정의 부담, 특히 여성들의 부담으로 전가되는 사회 현상에 관한 기사였다. K는 기사를 보면서 가슴이 답답해진 동시에, 아이를 어린이집에 보내지 못해 일에 차질을 빚게 됐다고 생각하는 엄마가 혼자가 아니라는 사실에 아주 조금은 위안을 받기도 했다.

기사에 달린 댓글까지 찾아 읽은 것은 K의 실수였다. 그 기사에는 돌봄 노동의 어려움을 호소하는 엄마들을 공격하는 악플이 수백 개 달려 있었다.

'니가 원해서 낳은 니 새끼 키우는 게 뭐가 힘드냐, 그렇게 애 보는 게 힘들면 낳지를 말았어야지!!'

전국의 엄마들을 '맘충'으로 폄훼하고 저격하는 댓글에 K는 분노했고, 반론을 제기하고 싶은 마음이 굴뚝같았다.

ㄴ 그래, 아이를 낳은 건 내 선택이지. 하지만 코로나 시대에 아이를 키우는 건 내 선택이 아니야. 우리 중 누구도 이러한 재난 상황을 자처하지 않았고, 육아에 도움을 받을 수 있는 보육 시설을 이용할 수 있다는 전제 하에 출산을 선택한 거라고. 하지만 아무도 이런 팬데믹을 예상하지 못했기 때문에 예상과는 다른 현실이 힘겹다고 말한 것일 뿐이야.

이미 낳은 아이를 두고 낳지 말았어야 한다고 함부로

말하는 악플러들에게 되받아쳐 줄 말은 많았지만, K는 댓글 창에 아무것도 입력하지 않았다. 그럴 시간과 에너지가 없었다. 써야 할 글과 교정 봐야 할 문장이 산더미 같았다. 그 일들을 해치우기 위해서는 단 한 줄의 문장도 허비해서는 안 될 것 같았다.

대망大望의 2020년이 대망大亡의 해가 될지도 모른다는 불안감이 몰려왔다. 그러는 사이에도 아이는 무탈하고, 건강하게 자라주었다. 대견한 일이었다.

코로나 시대의 출간

코로나19가 전국적으로 퍼져가고 있는 와중에도 봄꽃은 폈고, K의 첫 책 또한 무사히 출간되었다. 등단 4년 만에 펴낸 첫 소설집이었다. 하필이면 어려운 시기에 책을 내서 안타깝다는 위로의 말을 축하 인사와 함께 많이 들었다. 팬데믹의 한복판에서 첫 책을 내는 바람에, 소설집이 나오면 책을 핑계로 되도록 많은 사람들과 만나려 했던 소설가 K의 계획은 어그러질 수밖에 없었다. 떠들썩한 출간 파티나 행사를 기대한 것은 아니었다. 아이를 낳고 키우는 동안 정신없이 지내느라 연락조차 잘 하지 못했던 친구들과 고마운 사람들에게 오랜만에 소식을 전하며 책과 맛있는 음식, 그리고 그간 못다 한 이야기를 나누는 자리를 만들어보려 했을 뿐이었다. 그러나 그런 소박한 꿈조차 실현하기가 어려운 시국이었다. K는 보고 싶은 사람들과의 만남을 다음으로 기약하며 지인들에게 우편으로 책을 보냈다.

K는 경기가 어렵고 소비가 위축된 시기라 책이 팔리지 않을 거라는 걱정을 주변에서 듣기도 했다. 소설가 K는 어차피 자신의 책이 많이 팔리지 않을 거라고 예상했고, 코로나19로 인해 더 안 팔리게 된다고 하더라도 그 또한 어쩔 수 없는 일이라 생각했다. K는 책 판매에 크게 연연해하지 말아야겠다고 다짐하면서도 인터넷서점을 하루에도 몇 번씩 방문하며 자신이 책 판매지수를 들여다봤다. 예상보다는 판매지수가 나쁘지는 않았다.

코로나 정국이 이어지면서 다른 업종에 비해 출판업계는 상대적으로 크게 타격을 입지 않았다는 분석이 나왔다. K의 첫 소설집 또한 (본인의 기대치가 낮았던 것인지도 모르겠지만) 기대보다 잘 팔린 편이었다. 출간 후 한 달여 만에 중쇄를 찍었고, 문학나눔도서로 선정돼 3쇄까지 찍었다. K로서는 과분한 행운으로 여겨지기도 했다. 이 또한 예상과 다른 일이었고, 계획에 없던 일이었다. 혹자는 K의 첫 책을 두고 더 인기를 얻을 수 있었을 텐데 코로나19 때문에 널리 알려지지 못해 손해를 본 것이라고 했고, 다른 누군가는 코로나19로 인해 도서관이 문을 닫은 덕을 본 게 아니냐는 말을 하기도 했다. 양쪽 모두 증명할 수 없는 가설이라고 K는 생각했다. 코로나19 바이러스가 발발하지 않은 세계에서 K의 책이 어떤 반응을 얻었을지는 아무도 확인할 수 없으니까.

코로나19 사태가 장기화될 거라는 우울한 전망이 나오면서 소설가 K는 자신의 계획을 마냥 팬데믹 종식 이후로 미룰 수는 없겠다는 생각이 들었다. 그러던 중 K의 아이가 다니기로 예정된 어린이집에서 연락이 왔다. 어린이집 정상 운영은 어렵지만 가정보육이 어려운 맞벌이 가정의 경우 긴급보육의 형태로 아이를 맡길 수 있다는 안내를 듣고 K는 고민 끝에 아이를 어린이집에 등원시키기로 했다. 소설가 K는 불가피한 사유가 있을 경우 긴급보육을 요청할 수 있다는 안내문을 여러 번 곱씹으며 자문했다. '나의 작업은 긴급한가 긴급하지 않은가, 아이의 등원은 불가피한가 불가피하지 않은가.' 소설가

K는 긴급한 원고 작업과 불가피한 마감이 코앞에 닥친 상황이었다. K는 긴급보육을 신청하고 신작 단편소설 작업을 시작하기로 마음먹었다. 그러면서도 매일 아침 아이를 어린이집에 보낼 때마다 불안감과 죄책감을 느꼈다. 집 근처에 위치한 교회에서 집단감염이 발발했다는 뉴스가 나오고, 교회발 감염이 같은 구의 유치원으로까지 이어졌다는 소식이 전해지자 K의 불안은 더욱 고조됐다. K는 노트북을 켜고 원고를 들여다보는 대신 자신이 사는 지역구 대표 맘카페에 접속했다. 코앞까지 닥친 확진자 확산세에 놀란 맘카페 회원들의 게시글이 여럿 눈에 띄었다.

이번 주 어린이집 보내실 건가요? 그동안 긴급보육 보내시던 맘들 어떻게 하고 계세요?

　↳ 못 보내요. 불안해서 힘들어도 가정보육 하려고요.

　↳ 저는 맞벌이라 ㅠㅠ 출근해야 해서 어쩔 수 없이 보내야 합니다. 너무 불안하네요.

　↳ 서울시에서 긴급보육 이용 자제해달라는 공문도 내려왔어요. 정말 긴급한 사정이 있지 않는 한 가정보육 하셔야죠.

↳ 이 시국에 집에 있으면서 아이 어린이집 보내는 엄마들 진짜 이해 안 가네요.

K는 아무런 댓글을 달지 못한 채 한숨을 쉬었다. 같이 아이를 키우는 엄마들에게도 공격을 받는 기분이 들었다. K는 길게 항변하고 싶은 충동을 느꼈다. 집에 있으면서도 일을 해야 하고, 그래서 아이를 어린이집에 보낼 수밖에 없는 엄마가 있다고. 하지만 그 누구도 K의 사정을 궁금해하지 않았다. 사람들은 팬데믹의 한가운데에서 각자의 삶을 건사해나가는 것만으로도 힘겨워하는 중이었다.

K는 자신이 긴급보육 이용이 필요한 프리랜서라는 것을 서류상으로 충분히 증명할 수 있었다. 마감 기일이 촉박한 원고청탁서와 계약서가 있었고, 하루치의 작업량을 계획대로 채워야만 마감 일정을 겨우 맞출까 말까였다. 그럼에도 소설가 K는 아침마다 마음속으로 자신의 '긴급'과 '불가피'를 점검해야 했다. 마감을 하염없이 미룰 수는 없다고 생각하면서도 코로나19에 대한 두려움은 쉽사리 떨쳐버리기 힘들었다. 하루하루 살얼음판을 딛는 마음으로 아이를 어린이집에 맡겼다. 때로 신규 확

진자 숫자가 갑자기 늘어나거나 집 근처에 확진자가 발생했다는 소식을 듣게 되면 공포심이 몰려왔다. 원고 작업은 긴급했지만, 그것이 아이의 안전보다 중요하지는 않다는 것 또한 분명했다. K는 자신의 일보다 아이를 돌보는 일이 더 긴급해지는 것을 느끼며 그날의 작업을 포기한 채 아이를 어린이집에 보내지 않았다. 긴급과 불가피한 사정, 그리고 아이가 혹시라도 어린이집에서 전염병에 감염되면 어쩌나 하는 우려 사이를 오가며 K는 자신이 동원할 수 있는 최선을 다해 글을 쓰는 수밖에 없었다.

소설가 K는 늘상 자신이 계획한 바에는 미치지 못하는 작업량과 원고의 수준에 자주 좌절하면서 계속 뭔가를 더 써보려고 발버둥 치는 중이다. 작업이 너무 막히거나 가슴이 답답해질 때면 버스를 타고 시내로 나가 서점을 찾았다.

"마스크를 착용해주세요."

버스에 올라 교통 카드를 찍으면 기계음치고는 지나치게 활달하다 싶은 안내음이 자동으로 울렸다. K는 이미 마스크를 쓰고 있음에도 불구하고, 마스크를 고쳐 썼다. 마스크가 '삶의 기본값'이 됐다는 걸 이제는 인정할 수밖에 없다는 생각을 하면서.

오늘도 K는 교보문고에 나가 신간 도서들을 살펴보았다. 코로나19의 시대에도 여전히 책을 쓰고, 책을 만드는 사람들에 대해 생각하는 것은 이 시절을 견디는 데 큰 위로가 됐다. 지난해 3월 출간된 자신의 첫 소설집이 있는 위치는 굳이 검색하지 않아도 잘 알고 있다. K는 매대가 아닌 일반 서가에 딱 한 권 꽂혀 있는 자신의 책을 슬며시 꺼내 혼잣말을 한번 중얼거리며 안부를 물었다. 잘 있었니, 아직 그대로 잘 있구나.

그 외에도 안부를 묻고 싶은 사람들이 많다. 하지만 자주 묻지는 못하고, 몇몇 친한 친구들과 가끔 메시지를 주고받는다. K는 친구들과 카카오톡 채팅방에서 경쟁하듯 서로의 힘든 상황을 털어놓다가 어쩔 수 없는 일이라고, 한 번도 겪어보지 않은 삶을 살아내는 중이라 다들 힘겨운 거라는 위로의 말을 주고받았고, 건강 조심하라는 인사를 마지막으로 대화를 끝냈다. 건강 조심이라는 뻔한 인사가 그 어느 때보다 간절하게 와닿는 시간이었다.

김미희

코코코코 지구!

김미희

2002년 『한국일보』 신춘문예에 동시로 등단했다. 동시와 동화로 푸른
문학상을 수상했다. 청소년 시집 『외계인에게 로션을 발라주다』, 『소
크라테스가 가르쳐준 프러포즈』, 『마디마디 팔딱이는 비트를』, 동시
집 『동시는 똑똑해』, 『예의 바른 딸기』, 『영어 말놀이 동시』, 『오늘의 주
인공에게』, 『야, 제주다』, 동화 『얼큰 쌤의 비밀 저금통』, 『하늘을 나는
고래』, 『엄마 고발 카페』, 『우리 삼촌은 자신감 대왕』, 『한글 탐정 기필
코』, 『마음 출석부』 등이 있다.

하얀 마스크는 누추함을 더해가며 거리에 나뒹굴었다. 뒹굴면서 흉물로 변했다. 간혹 나뭇가지에 걸려 나부꼈다. 자연이 인간계에 경고문 삼아 걸어두었나 보다.

경고음은 수시로 울렸다. 사람들 입에 마스크를 씌워 잠갔다. 어떠한 말도 해선 안 된다. 손을 잡아서도 안 된다. 절대 집 밖으로 나가선 안 된다. 강제가 우울을 키웠다. 온실 속 우울은 잘도 자라 '화'로 피었다. 피로도 눈금은 갈수록 치솟았다. 바이러스에 감염된 순간 왕따가 된다. 죄인이 되어 갇힌다. 죄인 아닌 죄인은 사회의 시선과 싸워야 했고 바이러스가 심은 통증과 싸워야 했다. 연예인이라도 되었다면 덜 억울했을까. 신상 정보가 감염병 예방이라는 이름으로 만방에 털렸다. 바이러스 폭격은 무자비했다. 누군가는 확진자라는 낙인을 감당해야 했다. 가족 전멸을 걱정해야 할 지경. 위로를 건네는 데도 미숙했다. 인생은 운이 7할이니 뭐니. 이런 상황에서 확률 통계를 들먹이다니.

운을 얻은 사람들이라고 해서 완전한 운을 획득한 건 아니었다. 팬데믹 블루. 생소한 색깔의 투명 망토를 걸치자 삶이 일거에 시시해졌다. 그동안 정립한 관계식이 스스로 수정을 요구했다.

작업실도 없이 집구석에서 자발적 침거를 하던 나에게 팬데믹은 그전과 별반 다르지 않은 격리 생활이다. 다만 불려가던 강연 몇 개가 취소된 것이 안타까운 일이고 좌절을 안긴 일이다. 이참에 글이나 좀 더 쓰자. 기특한 결심을 한 스스로를 토닥였다. 온라인, 비대면, 화상 강의. 이런 말들이 일상어가 됐다. 어떤 곳은 녹화해서 보내달라며 예정된 강연을 취소하지 않았다. 방법을 배워가며 강의 녹화를 했고 이 또한 배워, 줌 애플리케이션으로 도서관 강의를 했다. 근거리 수강생 제한이 풀려 서울부터 제주도, 부산, 전국에서 온라인 수강자들이 화면에 출석했다. 지역 경계가 허물어졌다. 이대로 '자꾸 걸어나가면 전 세계 어린이를 다 만날 수 있겠네'의 노래 가사처럼 꽁꽁 갇힐수록 손안에서 펼쳐지는 세계, 방구석 세계는 넓어졌다. 자꾸 걸어서 지구 한 바퀴 돌겠다. 공허한 환호성이 될지언정 내 깜냥에서 최대한 살아남는 방법이기도 했다.

팬데믹을 이기는 방법이 곳곳에 흘렀다. 귀가 있으니 들렸고 눈이 있으니 보였다. 홈 루덴스족으로 몇 개월을 살면서 '응'이 쌓였다. 서로 적응했다. 서로라고 해봐야 남편과 나. 둘이다. 나는 컵라면을 싫어한다. 스티로폼 용기가 뜨거운 물을 만나 솔솔 뿜어내는 환경호르몬이 내 눈에만 유독 선명하게 잡혔다. 녹아내리는 남극 빙하처럼 환경호르몬이 입을 거쳐 몸속으로 흘러 들어가는 장면이 머릿속에서 생중계된다. 누구에게나 기피 음식 하나쯤 있잖은가. 내겐 컵라면이다. 컵라면을 먹는 사람들을 보면 내가 불편하다. 하지만 결국 컵라면이 우리 집에도 등장했다. 끼니를 해결해야 했기에 암묵적인 타협 끝에 식탁에 놓였다.

"그릇에 옮겨 먹지."

메뉴를 허락했고 설거지는 일단 내 몫이니 물을 권리가 있었다. '응'을 부르는 어투, 청유형이긴 했다. 남편은 말없이 일어나 그릇을 꺼내 라면을 옮긴다.

예전 같으면 "참 별스럽다. 네 입에 들어가는 것도 아닌데." 그랬을 테지.

나이가 들면서 지혜로워진 건가? 혹시나 마지못한 행동은 아닌지, 그렇다면 컵라면을 죄다 쓰레기통에 처넣으리라는 우매하고 비장한 결심으로 남편의 표정을 살폈다. 허나 너무나 당연하게 그래, 네가 불편하다면 기꺼이, 그런 표정이었다. 코로나가 가르쳐준 처방이라고 하자. '응'으로 하루어치의 평화가 머물렀다.

2년 전 바꾼 텔레비전 크기의 효용에서 선견지명을 들먹였고 딸아이가 친구들과 어울려 유료 가입을 한 넷플릭스로 날마다 영화관을 열었다. 감옥 안에서만 허용된 자유였다. '응'을 가까이하는 긍정적인 자세로 심리학 기초를 다져야 했다. 포기가 빠른 사람이 살아남는 게임에 초대받은 우리. 초대장 같은 건 애초에 없었다. 기습적이었다. 나약한 존재로서의 인간을 받아들여야 했다. 그러나 여전히 성찰은 멀기만 했다.

나라마다 셧다운에 경제는 어렵고 실직자는 넘쳤다. 실체가 되어 내 주머니를 채운 걸 보진 못했으나 나라마다 앞다퉈 돈을 찍어댔단다. 유동성 장세라는 말은 유행어라서 알아듣게 되었다.

팬데믹이 상륙하기 직전이었던 1월, 어느 출판사와 가짜 뉴스로 어린이 대상의 책을 쓰기로 선계약을 했다. 선거철에 무수히 들어본 가짜 뉴스. 가짜 뉴스에 대해 나는 아는 게 없다. 유튜브에서 영상을 찾아봤다. 용어 정리부터 사례까지 꽤 상세하다. 다음은 도서관으로 향한다. 책을 검색했다. 더러 있다. 아동 대상의 책도 몇 권 있다. 관련 책 열 권 정도를 빌려서 집으로 오는 길. 라디오에서 뉴스가 나온다. 우리나라에도 전염병이 퍼지기 시작했다. 앵커가 전염병으로 가짜 뉴스가 횡행하고 있으니 조심하란다. 세상에, 가짜 뉴스 원고를 쓰려고 자료를 보따리째 들고 오는데 가짜 뉴스 얘기라니. 신이 나를 갸륵하게 여기시는구나. 귀가 솔깃하지 않을 수 없었다. 볼륨을 키웠다. 가짜 뉴스를 가려내는 게 또 큰 일거리가 됐다며 쓸데없는 소모전이 생겼다고 앵커는 탄식했다. 당시 퍼지고 있는 가짜 뉴스들을 예로 들었다. 그중 하나가 "빌 게이츠 멜린다 재단에서 발표하기를 75만 명이 사망하면 코로나가 멈춘다."라는 거였다. 지금은 사망자가 몇백만이지만, 당시는 전염병이 막 퍼져나갈 즈음이라 75만이란 숫자는 끔찍했다. 이 예를 원고에 넣으려고 빌 게이츠 멜린다 재단과 관련한 가짜 뉴스를 검색하며 알게 된 회사가 있었으니 주식으로 분류하자면 그야말로 제약바이오 섹터주 중 하나다. 푼돈에 가까운 내 용돈으로 그 회사의 주식을 처음으로 사보았다. 조금 올랐다. 누구는 부동산으로 수익을 1년 만에 수억 원도 내는데 나는 이렇게 수익이 나는 게 신기했다. 작가들은 콩알만 한 인세를 걸고 영혼을 갈아 넣으며 쓰는데…… '왜 작가의 절반은 굶주리는가'에 대한 고찰을 아니 할 수 없었다.

가짜 뉴스라며 경고하던 숫자가 우리 앞에 현실이 되었다. 알베르 카뮈의 『페스트』가 다시 조명받았다. 작가의 혜안과 문학의 효용을 떠올리려 애썼다. 글을 쓰는 일은 자신감과 열등감 사이를 오르내리는 그래프를 받아들이는 일이지 않니 싶다. 어떤 날은 만에 들었고 어떤 날은 좌절했다. 선계약을 후회하기도 했다. 선택권이 없는 방구석 생활이라서 꾸역꾸역, 어찌어찌, 간신히 원고를 마무리했다.

마침표를 찍었을 때 또 다른 소식이 들렸다. 의료진이 확진자가 된 특집 기사들이다. 걱정과 슬픔과 함께 아이 엄마인 간호사가 스테고사우루스가 되는 막연한 동화

스케치가 떠올랐다. 작가들은 촉을 끄지 않는 '파블로프의 개' 같다는 생각을 얼핏 했다.

나는 의료진의 아이들이 걱정되었다. 그 아이들은 어찌 지낼까? 누가 돌볼까? 쓰지 않을 수 없었다.

병원에선 모두 하얀 동물이 되었다. 머리부터 발끝까지 연결된 하얀 옷을 입으면 몸집은 꼭 공룡만 해진다. 그렇게 공룡이 된 누구 집의 엄마 아빠 누나 형들은 제한구역에 머문다. 공룡이나 강아지, 혹은 토끼였다. 천적들끼리 사이좋게 서로를 걱정하며 살았다. 누구의 엄마는 스테고사우루스로 변신했다. 공룡이라서 그녀는 집에 오지 못했다. 그의 동료에겐 꼬리가 달렸다. 강아지인 줄 알았다. 토끼란다. 그러게, 강아지라기엔 꼬리가 좀 짧다. 공룡도 하얗고 토끼도 하얗다. 그곳에서는 하얀 종만 허용된다. 청결, 멸균의 색깔이기 때문이다. 소독약 냄새가 코를 찔렀다. 이럴 때만은 니콜라이 고골이 쓴 소설 속 주인공 코발료프처럼 코를 잃어버려도 좋겠다는 생각을 한다. 코는 기가 질려 달아나고 싶은 걸 어쩌지 못하고 그렇게 인내하고 있었다. 표식으로 머리에 초록 부직포를 붙인 스테고사우루스에게는 사람으로 변신할 기회가 오지 않았다. 공룡이 된 지 벌써 두 달이 되어간다. 다른 특수한 공간으로 배정된 친구 공룡은 허리에 무거운 걸 달고 있다. 그 때문에 요통을 호소했다. 게다가 뒤통수에서부터 검은 호스가 등뼈처럼 달렸다. 윙윙 소리가 공룡의 더위를 식혀주고 새 공기를 뿜어준다. 대신 사람의 말을 알아듣지 못하게 했다. '뭐라고요?', '안 들려요!' 사람의 언어를 듣기 위해 온 힘을 기울여야 했다. 사람의 언어를 잡으려다 보니 목이 쉬었다. 힘이 들었다. 끝이 보이지 않는 나날이다. 쥐라기의 시간이 이렇게 길어질 줄은 몰랐다.

소독약과 싸우고 날마다 중무장과 싸우던 그녀가 많이 하는 일 중 하나는 면봉으로 코와 대화하는 일이었다. 전염병 감옥 수감자들의 출소는 면봉이 결정했다. 코가 헐도록 수십 번 채취를 당했다. 나갈 수 있기만 하다면 코기 헐어 떨어져도 좋으리. 그들과 함께 판결을 기다리며 출소를 축하해주던 공룡은 어느 날 탈의하고 사람이 되었다. 확진자였다. 허망했다. 어서 빨리 사람이 되기를 바라왔지만 이런 식의 사람은 아니었다. 그동안 그녀가 보아온 수많은 데이터를 떠올리며 투병이 시작되었다. 스테고사우루스는 국립의료원 간호사이자 한 아이의 엄마다. 공룡일 때가 나았다. 다시 엄마를 공룡으로 만들어주세요, 하고 아이는 일기에 썼다. 아이의 엄마인 그녀에게도 엄마가 있었다. 가능하다면 목숨이라도 바꾸고 싶었던 늙은 어미. 물심양면으로 지극정성을 바치고 싶었으나 마음만 허락되었다. 늙은 엄마의 기도에 나의 기도를 얹었다. 온 국민의 쾌유 기원을 얹었다.

이런 시놉을 짜는 와중에 전염병 경계 수치가 내려갔다. 1단계라는 수치는 다소의 여유와 행동을 불렀다. 강연 일정이 생겼다. 얼마만인지 설렜다. 기차를 타러 갔다. 여기는 천안아산역. 사람들은 정거장에 마중객들처럼 서 있다. 우리 산천어 주둥이를 닮은 고속열차가 플랫폼으로 미끄러져 들어왔다. 길쭉하고 매끄럽다. 기차가 멈추자 뱀이 혀를 내밀듯, 겨드랑이에서 날개가 돋듯 날름, 쓱. 계단이 나왔다. 혀 같은 계단을, 날개 같은 그 계단을 지르밟으며 정해진 칸으로 갔다. 거의 만석이다. 내 옆자리에도 이미 승객이 있다. 나는 앉자마자 책을 꺼낸다. 펼친 책 밑으로 옆자리 아가씨의 긴 치마가 보인다. 가을이다. 나도 코트를 입었으니 가을이지. 샛노란 스웨터와 꽃이 가득 핀 벌판을 스커트로 두른 옆자리 아가씨가 보스락보스락 종이접기를 한다. 종이는 면적이 좁은가 보다.

엄지 검지 두 손가락 사이만을 왔다 갔다 한다. 소리와 낌새로 종이접기라고 예단할 뿐 확실한 건 아니다. 무얼 접는지 궁금하다. 대놓고 쳐다볼 순 없다. 흘긋흘긋. 책을 넓게 펼쳐 넘기는 척 유심히, 흘깃 봤다. 10센티미터쯤 되는 얇은 분홍 끈을 휘리릭 재빠르게 돌려 나비 리본을 만들고 있다. 금세 하나를 접고 또 다른 끈을 꺼내 휘리릭 하나를 접는다. 분홍 나비들은 종이 가방으로 쏙쏙 들어갔다. 나비들은 날기를 포기했는지 얌전하다. 아가씨 폰에 문자 알림 불빛이 흘렀다가 멈춘다. 나비를 접는 사이사이 휴대폰을 확인한다. 또 접는다. 확인한다. 접는다. 아가씨는 소리 없이 분주하다.

광명역에서 아가씨가 내린다고 일어섰다. 나를 지나 통로로 두어 발 걸어갔다. 그제야 그녀가 두르고 다니는 들판이 오롯이 내 눈에 들어왔다. 검은 벌판 가득 구절초 닮은 하얀 꽃들이 한들거렸다. 몇 송이일까? 헤아릴 수 없다. 들꽃이 팔랑거리는 아래로 보이는 앵클부츠는 역시 검정이다. 날렵하게 발목에 붙는 검정이 꽃이 핀 벌판을 넓어 보이게 했다. 여자는 열린 문을 지나 사라졌다. 꽃밭을 두르고 다니는 여자가 내렸다. 나비까지 키우는 여자다. 가을을 분양하는 아가씨, 꽃밭을 두르고 다니네.

내 수첩에 쓴다. 가을이 내린다. 곧 겨울이 오겠지. 언젠 가 코로나19도 막을 내리겠지.

코찔찔이, 코주부, 코끼리, 코코아, 코맹맹이, 코쟁이, 코로나열아홉(열아홉 살이란 뜻인가?), 코로 시작하는 것 들이 연이어 흐른다. 검지를 세워 코를 가리키며 아이와 자주 하던 코코코 놀이. 코코코코 눈. 코코코코 입. 아니, 마스크! 코코코코 지구! 지구는 남은 수명이 얼마일까. 코로나 수명은 얼마나 남았을까.

날렵한 코를 가진 고속열차는 승객들 대신 가을 냄새 를 맡으며 달렸다.

「우리 엄마는 스테고사우루스」 동화를 썼다. 작가는 오늘을 살 뿐.

이승은

미드나이트블루

이승은

2014년 단편소설 「소파」로 『문예중앙』 신인상을 받으며 작품 활동을
시작했다. 소설집으로 『오늘 밤에 어울리는』이 있다.

창틈으로 새어 들어오는 바람에 레몬빛 커튼이 조금씩 흩날렸다. 얇은 천의 커튼이 흔들릴 때마다 책상 모서리에 가을 햇살이 나타났다가 사라졌다. 아침 일찍부터 수업을 듣기 시작한 진희는 1교시부터 7교시까지의 온라인 수업을 다 듣고 과제도 끝내놓았다. 점심은 거실 식탁에서 간단히 차려 먹었다. 중학교 2학년인 진희는 1학기 내내 등교하지 않았다. 코로나 바이러스가 퍼지며 수업은 전 학년 온라인으로 전환되고 2학기 들어서 학년별로 돌아가며 등교하기 시작했다. 지난주 국어 과제는 코로나를 겪으며 느낀 일상의 변화를 적어 내는 것이었다. 홍대로 놀러 가지 못하고 극장이나 PC방도 갈 수 없어서 답답하다거나 친구를 만나지 못해 심심하다는 애들이 많았다. 학교에 가지 않으면서 살이 찌고 게을러졌다고도 했다. 반대로 집에서 가족과 보내는 시간이나 휴식 시간이 늘어 좋다는 애들도 있었다. 온라인 수업에 익숙해졌는데 이제 와서 등교하려니 어색하고 피곤하다고도 했다.

진희도 등교 수업보다 온라인 수업이 좋았다. 온라인 수업을 들으면서 진희는 더 부지런해졌다. 딴청을 피우지 않고 수업 영상을 보면 등교할 때보다 수업이 일찍 끝났다. 과제까지 마치고 나면 하고 싶은 일을 할 수 있었다. 매일 혼자 있다 보면 가끔 우울해지기도 하지만 학교나 학원에서 사람을 만나지 않는 것이 편했다. 시간에 쫓기지 않고 마음껏 그림을 그릴 수 있는 시간이 생긴 것도 좋았다. 진희는 그림 그리는 걸 좋아했다. 가장 마음에 드는 그림들은 벽 위에 붙여놓았다. 나머지 습작들은 스케치 노트, 그림 도구와 함께 서랍에 한가득 있었다. 진희는 그림 관련 브이로그 채널도 여러 개 구독 중이었다. 우울해질 때면 좋아하는 유튜버의 드로잉이나 채색하는 모습을 구경하면서 기분 전환을 했다. 도화지나 물감, 펜의 정보도 얻었다. 언젠가는 진희도 유튜브 채널을 운영하고 싶었다. 얼마 전부터는 연습 삼아 인스타그램에 그림 사진을 올리고 있었다.

이거 어떻게 그린 거예요?

며칠 전 마스크 그림에 댓글이 달렸다.

면 마스크에 패브릭 잉크로 그린 거예요!

진희도 댓글을 달았다.

핼러윈 마스크도 올려주세요~~

네! 기대해주세여

댓글을 달며 꼭 해야 할 일이 생긴 것 같아 진희는 가슴이 두근거렸다. 핼러윈데이가 며칠 남지 않았을 때였다.

이태원 가보셨어요? ㅋㅋ 이태원에서 인증샷 찍어주세여 제발!

진희의 집은 이태원에서 멀지 않았다. 먹자골목도 버스로 몇 정거장이면 갈 수 있었다.

기지개를 켜듯 몸을 길게 늘이며 진희는 책상에서 일어났다. 이제 나갈 준비를 해야 했다. 진희는 라운드넥 셔츠와 추리닝 바지를 벗고 새로 산 원피스를 입었다. 지난주에 이 원피스를 입고 동네 슈퍼에 갔을 때 주인 아주머니는 진희를 알아보지 못하고 어서 오세요, 하며 말을 높였다. 진희는 올해에 키가 훌쩍 더 커서 작년에 무릎을 덮던 교복 치마가 무릎 위로 껑충 올라갔다. 발 사이즈도 엄마와 비슷해졌다. 발목까지 올라오는 엄마 부츠를 신은 진희는 전신 거울 앞에 섰다. 원피스에 부츠를 신은 모습을 이리저리 비춰 보다가 집을 나섰다. 오늘이 10월의 마지막 날, 핼러윈데이였다.

이태원 거리에는 평소보다 사람이 많았다. 버스에서 내린 진희는 가까운 프렌차이즈 카페로 들어갔다. 카페 화장실에서 아이라이너와 아이섀도로 눈화장을 하고 머리를 양옆으로 높이 올려 묶었다. 그리고 오늘을 위해 준비한 마스크를 꺼내 썼다. 먹자골목 입구에 도착해서는 QR코드를 찍고 체온을 쟀다. 분사되는 소독액을 뒤집어쓰고 방역 게이트를 지나며 진희는 설렜다. 골목은 눈코입이 달린 주황색 호박이나 앙상한 해골 인형으로 꾸며져 있었다. 입가가 양쪽으로 찢긴 조커와 피를 흘리는 흡혈귀, 좀비로 분장한 사람들이 어디선가 하나둘 나났다. 진희는 거리 전경이 잘 보이도록 셀카를 찍어 인스타그램에 올렸다. 주변 사람들이 사진 찍는 진희를 쳐다보다가 마스크를 가리키며 웃었다. 같이 사진을 찍자는 사람도 있었다. 진희가 쓴 마스크에는 눈동자 하나가 크게 그려져 있었다. 짙은 푸른빛의 커다란 눈동자가 깜빡일 것 같았다. 바탕을 피부색으로 칠해서 언뜻 보면 진희는 마스크를 쓰지 않은 것처럼, 정말 눈이 세 개인 것처럼 보였다. 이 마스크 그림은 판타지 영화에서 아이디어를 얻은 것이었다. 공포 영화라며 그 영화를 싫어하는 사람도 있지만 진희는 여러 번 보았다. 머리에 뿔이 달리거나 머리가 둘 달린 사람들이 진희 옆을 스쳐 지나갔다. 영화속의 지하 세계로 들어간 것 같았다. 진희는 처음 본 사람들과 사진을 찍고 눈을 마주치며 웃었다. 거리를 걸으며 사진을 찍는 동안 댓글이 달렸다.

마스크 존예

개멋짐

얼굴도 예쁘시네요

화장을 하고 마스크를 쓰긴 했지만, 얼굴 사진을 SNS에 게시한 것은 처음이었다. 이런 반응의 댓글이 달린 것도 처음이었다. 진희는 댓글에 하트를 누르고 마스크가 잘 보이도록 사진을 몇 장 더 찍어 올렸다.

거리에는 카메라와 마이크를 든 사람들도 많았고 주차된 방송국 차량도 여러 대였다. 그 앞을 지나다가 진희는 걸음을 멈췄다. 멈춰 선 채 스마트폰을 들여다보았다. 화면을 아래로 당길 때마다 새로운 댓글이 달렸다.

하루에 사진을 몇 개나 처올리는 거야

그 상판을 어디다 들이대

진희는 눈을 감았다가 떴다.

제발 니 얼굴 생각나게 하지마

니 그림 존나 이상해

그때 누군가 진희에게 말을 걸어왔다.

마스크 진짜 멋지네요. 인터뷰하시겠어요?

소형 마이크와 카메라를 든 두 사람은 정치인을 비하하는 목적으로 제사상을 차려놓은 시위에 진희가 관심을 보이는 줄 알고 인터뷰를 요청했다. 진희가 서 있는 바닥에는 검은 두 줄이 사선으로 그어진 영정 사진이 여러 장 깔려 있었다. 지나가던 두 사람이 그 위에 서서 사진을 찍었다. 사진을 찍고 나서 제사상을 향해 가운뎃손가락을 들이 올렸다. 흰 종이를 깐 낮은 상 위에 액자가 두 개 세워져 있고, 그 아래 과일이 몇 개 놓인 제사상이었다. 제사상 양옆의 검은 깃발이 바람에 펄럭이고 있었다.

이 시위에 대해 한 말씀 하시겠어요?

진희는 아무 말도 할 수가 없었다. 가슴이 너무 뛰어서 숨을 제대로 쉴 수도 없었다.

몸이 안 좋으세요? 어디 아프세요?

진희의 손과 입술이 떨리는 걸 보고 마이크를 든 사람이 물었다. 진희는 고개를 저으며 뒤로 물러났다. 비틀거리며 뒷걸음치다가 제사상에 다리를 부딪쳤다. 상이 흔들리며 액자 하나가 앞으로 쓰러졌다. 쓰러지지 않은 다른 액자의 얼굴이 진희의 눈에 가까이 들어왔다. 사진 속 얼굴의 입 주변에 낙서가 되어 있었다. 액자를 세우려고 뻗은 진희의 손이 공중에서 멈췄다.

괜찮으세요?

카메라를 든 사람이 물었다.

진희는 가까이 다가오는 두 사람을 밀치고 뛰기 시작했다. 거리의 시끄러운 소리, 낄낄거리고 웃는 소리가 귓가에 크게 울렸다.

사람 많은 거리를 벗어날 때까지 진희는 달렸다. 달리다가 숨이 턱까지 차올라 어느 가게 입구에 털썩 주저앉았다. 얼굴은 달아오르고 부츠를 신은 발이 아파왔다. 땀이 식으며 한기가 느껴질 때쯤 진희는 버스에 올랐다. 차창 밖으로 해가 지는 주황빛 풍경이 보였다. 집 근처 버스 정류장에 내린 진희는 동네 스터디 카페로 갔다. 엄마와 아빠에게 따로 연락할 필요는 없었다. 스터디 카페 입실과 동시에 자동으로 알림 문자가 갔다.

애 얼굴에 엉덩이 있다

설거지해야 함? ㅋㅋ

높은 칸막이 사이에서 진희는 울었다. 눈물을 닦으며 인스타그램 계정을 삭제했다. 이런 댓글들을 계속 보고 있을 수는 없었다. 진희는 책상 위에 양팔을 올리고 얼굴을 파묻었다.

채현일 것이다. 댓글을 단 계정이 채현의 여러 계정 중 하나라는 걸 진희는 뒤늦게 알아차렸다. 핼러윈 그림을 그려달라는 댓글도, 이태원에서 사진을 찍어 올려달라는 댓글도 채현이 한 짓이었다. 채현이 다른 애들에게도 알려 오늘 진희의 인스타그램으로 몰려온 것이었다. 진희는 흐느끼지 않으려고, 소리를 내지 않으려고 했지만, 마스크를 벗고 콧물을 닦은 때마다 찌걱이는 소리가 났다. 휴지 쌓인 책상 위로 누군가의 손이 쓱 들어왔다. 쪽지를 놓고는 자기 자리로, 칸막이 사이로 쓱 들어가 버렸다.

정말 죄송한데요. 내일 모의고사라서요.

모의고사를 준비하는 중이라면 고등학생이었다. 그 고등학생은 쪽지와 함께 사탕도 주었다. 특별한 사탕은 아니었다. 입구의 작은 바구니에 주인이 채워두는 사탕이었다. 진희가 사탕을 집어 들자 비닐 껍질의 바스락거리는 소리가 칸막이 사이로, 학생들 머리 위로 퍼져나갔다. 스터디 카페 안은 조용했다. 필기하는 소리나 책장을 넘기는 소리만 조심스럽게 들려왔다. 진희는 눈물과 콧물로 범벅된 휴지를 치우고 사물함 앞으로 갔다. 문제집과 노트, 담요와 텀블러가 들어 있는 진희의 사물함엔 옷과 신발, 클렌징도 있었다. 진희는 화장을 지우고 옷을 갈아입었다. 부츠와 원피스는 사물함에 넣어두었다.

회색 후드티에 검은색 청바지를 입고 운동화를 신은 진희는 집으로 돌아갔다. 엄마와 아빠는 거실 소파에 앉아 있었다. 엄마는 텔레비전을, 아빠는 스마트폰을 보고 있었다. 엄마가 빵과 우유를 내오고 아빠는 단감을 깎았다.

어떤 언니가 커피를 쏟았어.

진희는 쏟은 커피가 옆 칸으로까지 넘어가 한동안 소란했던 지난주의 일을 오늘 있었던 일처럼 얘기했다. 엄마, 아빠가 조용히 고개를 끄덕이는 동안 진희는 빵을 부지런히 먹었다. 내일 아침에 왜 그렇게 눈이 부었냐고 물어오면 밤에 너무 많이 먹은 탓이라고 할 생각이었다. 배가 고프기도 했다. 우유를 다 마시고 단감도 다 먹은 후에 나 졸려, 하며 진희는 식탁에서 일어났다. 욕실에서 간단히 씻고 나서 방으로 들어갔다.

창밖은 어두컴컴하고 방 안은 고요했다. 레몬빛 커튼은 딱딱하고 창백한 대리석 같았다. 방문을 닫자마자 진희는 벽에 기대섰다. 벽의 찬 기운이 등으로 전해졌다. 진희는 작년의 일을 떠올렸다.

그게 무슨 유치한 짓이야.

누군가 채현에게 말했다.

괜찮아, 진희는 이상한 거 좋아하잖아.

채현과 다른 친구들이 웃으며 대꾸했다.

맞아, 진희는 이런 거 좋아해. 그치?

채현이 진희의 증명사진을 건넸다. 사진 속 진희의 입가에 낙서가 되어 있었다. 이 일이 선생님 귀에 들어갔는지 다음 날 진희와 채현은 각각 선생님께 불려갔다. 이후로 상황은 더 안 좋아졌다. 채현은 자신이 혼난 게 진희 탓인 것처럼 굴었다. 2학년 반 배정이 발표되었을 때 진희는 눈앞이 캄캄했다. 채현과 또 같은 반이 되었다.

진희는 불을 끄고 침대에 누웠다. 눕자마자 베개가 젖

었다. 돌아오는 월요일에는 학교에 가야 했다. 다음 주는 2학년이 등교하는 기간이었다. 진희는 고개를 가로저었다. 눈물이 계속 흘렀다. 이번 주 내내 온라인 조회 시간에 먹자골목에 가지 말라는 공지가 있었다. 물론 진희는 그 공지를 기억했다. 그래서 화장을 진하게 했다. 자신이 이태원에 다녀온 사실은 아무도 모를 거라고, 알아보는 사람은 없을 거라고 생각했다. 진희는 방역 게이트를 지났고 사람 많은 곳에서 마스크를 벗지도 않았다. 하지만 진희는 교무실로 불려갈 것이고 반 아이들은 진희를 피할 것이다. 우리 반에 지난주 이태원에 다녀온 애가 있어. 채현이 말하면 모두가 알게 될 것이다. 채현과 교실에서 마주칠 순간을 상상하면 숨이 막혀왔다. 진희는 흐느꼈다. 밤새도록 눈물이 멈추지 않을 것 같았다. 눈물이 줄줄 흘러 머리카락을 적셨다.

몇 분 후에 진희는 울음을 그쳤다. 흐느낌을 멈추고 숨죽인 채 있었다. 방문 아래로 새어 들어오는 불빛이 움직이고 있었다. 엄마나 아빠가 방문 앞에서 귀를 기울이고 있을 때도 있었다. 자신에 대해 얘기하는 소리가 들릴 때도 있었다. 진희는 아무 소리도 내지 않고 움직이지도 않았다. 엄마와 아빠가 잠자리에 들기를 기다렸다. 마침내

딸깍, 거실 전등이 꺼지는 스위치 소리와 함께 방으로 새어 들어오던 불빛이 사라졌다. 진희 방은 완전한 암흑이 되었다. 아무것도 보이지 않았고 모든 게 사라진 것 같았다. 어둠 속에서 진희는 시계 초침 소리를 들었다.

난 이상한 사람이 아니야.

점점 커지는 초침 소리를 듣지 않으려고 진희는 손가락으로 귀를 틀어막았다. 저 아래 어딘가, 끝없는 낭떠러지로 떨어지는 것 같았다. 동시에 분수처럼 하늘로 치솟는 것 같기도 했다.

난 이상하게 생기지 않았어. 사람들은 나랑 사진을 찍고 싶어 했어.

어둠 속에서 진희는 두 눈을 깜빡였다. 그러자 무언가 슬며시 나타났다. 창가에서 새어드는 불빛에 창틀과 천장, 책상과 의자가 윤곽을 드러냈다. 진희의 방은 다른 색을 띤 모습으로 나타났다. 이제 벽은 검은빛이 도는 청색을 띠었다. 벽에 붙은 진희의 그림도 어렴풋이 보였다.

난 내가 원하는 것은 무엇이든 할 수 있어.* 나는 계속 그림을 그릴 거야.

진희는 여전히 겁에 질려 있었고 시간이 흐르고 있다는 사실이 끔찍했다. 하지만 진희는 자신을 향해 속삭였다.

그건 잘못된 게 아니야.

한밤중의 희미한 빛이 진희의 눈동자에도 닿았다.

*   도리스 레싱, 서숙 옮김, 「데비와 줄리」, 『런던 스케치』, 민음사, 2003.

김종광

실패한 사람

김종광

1998년 『문학동네』에 단편소설로, 2000년 『중앙일보』 신춘문예 희곡
으로 등단했다. 신동엽창작상을 수상했다. 소설집 『경찰서여, 안녕』,
『모내기 블루스』, 『낙서문학사』, 『처음의 아해들』, 『놀러 가자고요』,
『성공한 사람』, 장편소설 『야살쟁이록』, 『똥개 행진곡』, 『조선통신사』,
산문집 『웃어라, 내 얼굴』 등이 있다.

1

남편이 기차 타고 술 마시러 갔다. 동창들끼리 미뤄둔 회갑술을 마신다나. 밤이 깊었는데도 전화 한 통이 없고 받지도 않았다. 뚜엔은 문자를 넣었다. '막차 탔지요. 택시비 아까우니 기차역서 기다려요. 마중 나가요.' 비로소 전화가 왔다. "자고 간다!" 한마디 하고는 뚝 끊었다. 아내를 믿는 건지 정신이 나간 건지, 버섯 막사 시간마다 살펴보라는 말도 없었다.

염병할 노친네 같으니라고. 코로나 시국에 뭔 술판여. 환갑을 콧구멍으로 먹은 것들이네. 준비되지 않은 외박 통고에 별의별 걱정이 다 되었다. 시나브로 진정했다. 그려, 일만 하느라고 얼마나 답답했겠어. 오죽 자리가 즐거

우면 평생 안 하던 외박을 다 하겠어. 정말 처음인가 헤아려봤는데, 시어머니 장례 치를 때 빼고 남편은 집을 비운 적이 없었다.

남편 무서운 줄만 알았지 밤 무서운 줄 모르고 살았다. 새삼스레 무서웠다. 워낙 깊은 산속이었다. 스물여덟 호사는 범골에서도 맨 꼭대기 집이었다. 제일 가까운 아랫집이 백 미터도 넘었다. 남편 혼자 살았으면 〈나는 자연인이다〉에 나오기 딱 좋은 집이다. 옛날에 호랑이 살던 골짜기라던데. 멧돼지들은 또 어쩌고. 애들도 있으니까. 애들이 열일곱, 열다섯, 열셋이다. 막내가 남자다. 안심이 불안으로 바뀐다. 남편이 진돗개라고 우기는 개들이 다섯이나 있다. 불안이 가라앉았다.

버섯 막사 앞에서 뚜엔은 기절할 뻔했다. 저 아래 사는 주망태(56년생)가 서 있지 않은가. 마늘댁이 작고하기 전에도 왠지 마주치기 싫은 아저씨였다. 마늘댁이 환갑도 못 채우고 돌연사한 뒤에는 꿈에 보아도 꺼림칙한 주정뱅이였다. 마늘댁이 지극정성 챙겨줄 때도 고주망태 소리 듣던 사람이었는데, 아내를 잃은 뒤로 폐인이나 다름없었다. 사실 곧 죽을 줄 알았다. 그랬던 주망태는 하루아침에 신세가 펴더니 술도 줄이고 조금은 사람다워졌다. 그래도 뚜엔은 싫었다. 대개 이 동네 남정네들은 뚜엔을 훑는 눈초리로 보았는데, 주망태의 시선은 핥는 듯했다.

"안녕하세요. 이 밤에 웬일로?"

"친구랑 새벽 술 할라고 했쥬. 오늘은 워쩐 일로 제수씨가 대신 나오셨네. 제수씨는 갈수록 아름다워지시네유. 우리 친구 불안해서 워칙히 산댜. 겁나서 차를 워칙히 샀나 몰라. 차 타고 휙 날라가면 어쩔라고 그런댜."

"남편……" 없다고 하려다가 얼른 말을 바꿨다. "남편이 몸이 좀 거시기해요."

"월라, 그 건강한 친구가 워디가 어칙히 아프댜. 문병해야겄네."

"깊이 잠들었어요."

"그류? 되게 섭하네. 제수씨, 친구 대신 저랑 한잔할 튜? 제가 뱀술을 갖고 왔슈. 이게 3년 전에 담가놓은 뱀술인데 정력에 쥑여줘유."

듣고 보니 이 인간 마스크도 안 썼다.

"다음에 뵐게요. 버섯 일이 급해요."

"도와드릴게유."

"아뉴, 아뉴."

뚜엔이 버섯 막사로 뛰어드는데 멀뚱히 서 있는 개가 보였다. 이놈의 개새끼가 밥 처먹고 짖지도 않어. 개의 머리통을 한 대 쥐어박았다.

2

남편 광버섯(58년생)에게서 아침 열한 시경 전화가 걸려왔다. "뚜엔, 나 죽는다. 아무 정신이 없다. 세상이 노랗다. 나 좀 데리러 와라. 나 죽을 것 같다."

"술을 얼마나 마셨어? 어디야? 어디."

낯선 목소리가 튀어나왔다. "제수씨 나 거시기인데요, 결혼식장서 봤죠. 에구, 기억 안 나시겄다."

"인녕허세요."

"친구가 제수씨 걱정하느라고 술을 많이 마셨어요."

뭘 걱정?

"자기가 벌써 환갑이 지났는디 제수씨는 인제 서른여덟이니께 얼마나 걱정되겠슈. 버섯 농사나 잘되면 모르겠는데, 별로 안 좋다면서요. 배운 게 도둑질이라고 버섯 농사 때려치우면 할 줄 아는 게 없다면서. 이럴 때 버섯이 코로나에 즉빵이라는 논문 같은 거 하나 나오면 될 텐데."

"저기요, 우리 남편 괜찮아요?"

"괜찮아요, 안 죽어요. 안 죽어."

"거기가 어디예요?"

뚜엔은 정신없이 달려가면서 두려웠다. 이 인간이 정말 죽어버리면 어떡하지. 남편 친구가 웃고 자빠진 걸로 보아 화급한 상태는 아닌 듯했다. 하지만 언젠가는 죽을 거다. 언제까지 살아주려나. 한국으로 시집온 게 한국에서 월드컵 하던 해였다. 그때 뚜엔은 스무 살, 남편은 마흔네 살이었다. 어느새 18년을 같이 살았다.

스롱 피아비가 생각난다. 그 여자는 무슨 복을 타고나서 그리 잘 풀렸을까. 텔레비전에 나올 때 보니 친정 사는 꼬라지가 우리 친정보다도 못하더만. 똑같은 절차 밟았는데 왜 피아비한테는 그런 훌륭한 남자가 걸리고, 나한테는 저런 나쁜 남자가 걸리냐고. 누구는 18년 한국에 살면서 당구장 구경도 못 해봤는데, 피아비는 한국에서 당구를 제일 잘 치는 여자가 되었다. 당구장, 꼭 한번 가보고 싶다. 대체 당구는 어떻게 치는 거야. 애들이 설명해주는 소리 들어가며 아무리 텔레비전을 뚫어지게 쳐다봐도 모르겠다. 캄보디아 여자도 치는데 베트남 여자가 못

치겠어.

하늘장례식장 주차장에 차를 세우는데, 쓰레기장 근처 화단에 웬 노숙자가 구겨져 있다. 저 늙은이는 대낮부터 참 추하다. 꼴에 양복도 입고 마스크도 썼네. 코로나에 죽기는 싫은가벼. 장례식장에 막 뛰어 들어갔다. 사람이 하나도 보이지 않았다. 발을 동동 구르며 남편에게 전화를 해보지만 받지 않는다. 남편 친구라는 사람 전화번호도 모르겠고 환장하겠다.

혹시! 부리나케 밖으로 달려나갔다.

노숙자 같던 사람이 남편이다. "여보, 죽었어? 살았어? 눈 떠."

남편은 게슴츠레 눈을 뜬다. "뚜엔, 미안하다. 나 안 버릴 거지. 나 좀 살려줘라."

"병원 가? 응급실 가?"

"아니, 병원은 싫어. 코로나 검사받기 싫다. 집에 가줘. 집에."

"진짜 병원 안 가도 돼?"

"집에 가라고, 집에!"

"술 냄새! 대체 얼마나 마셨어?"

"다시는 술 안 마실 거다. 나 확 죽어버릴 거다. 지금 죽으면 보험이 얼마지? 너 그거 갖고 베트남으로 돌아가. 애들은…… 애들도 데려가. 튀기는 한국서 못 살아. 이 드러운 차별 나라!"

뚜엔은 남편을 질질 끌어다가 차에 구겨 넣으며 막 쏘아붙였다.

"그래, 죽어버려요. 나 서른여덟 살. 아직 창창해. 너 없어도 나 잘 살 수 있다. 이참에 확 죽어버려요. 네 엄마가 하늘에서 참 좋아하겠어요."

남편은 죽은 듯했다가 정신이 잠깐 들었는지 주저리주저리 읊었다.

"나는 실패한 사람이다. 아무것도 이룬 게 없다. 다 성공했다는데 왜 나만 실패한 거냐. 친구 씹새끼들 겁나게 다들 성공했더라. 다 건물주고 사장이야. 코로나 때문에 다 죽겠다고 앙앙대더만 그래도 망한 놈들은 없더라. 내가 열심히 안 살았냐. 나도 겁나게 열심히 살았단 말이다. 내 사랑하는 아내, 뚜엔, 네가 내 증명자 아니냐. 그렇지? 네가 봤잖아. 내가 얼마나 열심히 살았는지. 왜 사람들은 큰면장 개만 열심히 살았다는 거야? 내가 큰면장보다 일을 덜 했냐? 나도 큰면장처럼 감투 같은 거 쓰고 봉사하고 싶었다. 안 시켜주는 걸 어째. 큰면장은 부모한테 물려

받은 것도 있었어. 나는 진짜 아무것도 없이 자수성가했
다. 뚜엔, 자수성가가 뭔지 알어? 이년이 대답을 않네. 너
맞은 지 오래됐지? 내가 환갑 지났어도 너 팰 힘은 남았
다. 너 오늘 진짜 죽었어. 겁나게 때릴 거야. 뚜엔, 나 자수
성가했다니까. 18년 전에 내가 너 사 오느라고 얼마나 든
줄 알아? 흐이, 난 선구자야, 선구자. 우리 면에서 내가 국
제결혼 1호였다니까. 국제결혼하면 지원금 천만 원도 준
대잖아. 내가 너 사 오느라고……."

뚜엔은 갓길에 차를 세웠다. 뒷좌석 문을 열었다. 손바
닥으로 남편의 뺨을 세차게 때렸다. 게슴츠레한 남편은
방어력이 제로로 보였다. 이런 때 복수하지 언제 해. 주먹
으로도 패고 발로도 찼다.

"내가 그 말 하지 말랬지. 사 왔다는 말. 난 짐승이 아냐.
왜 나를 사 있다고 그래. 나 팔려 온 거 맞지만 싫어. 죽어,
죽어, 죽어! 확 죽어버려!"

남편은 아내가 때리는 대로 다 맞다가, 버럭 소리 질
렀다.

"좋아, 좋다, 더 때려라. 너도 나한테 맞을 때 이렇게 좋
았냐."

"밤에 너무 무서웠어. 막사 밖에 주망태가 있을까 봐

벌벌 떨었어. 잠도 잘 못 잤어. 아침나절에 주망태가 또 왔어. 그 개새끼 친구 맞어? 아침도 안 먹고 도망쳤어. 애들 안부도 안 물어? 너 아빠 맞어? 주망태랑 절교해. 이사가. 이사."

남편이 미동도 하지 않았다.

뚜엔은 절규했다. "죽었어? 여보 죽었어? 죽은 겨? 죽지 마."

3

광버섯은 옴짝할 수가 없었다. 코로나 걸린 거 아닌가?

"열은 없어."

"네가 의사냐?"

"네 친구 또 왔다 갔어. 네 친구 때문에 못 살겠어. 왜 자꾸 와."

"왜 그렇게 사람을 미워해. 걔도 불쌍한 사람이야."

"바보 찌질이들."

"너, 진짜 맞고 싶구나."

"때려봐, 때려봐."

지나온 인생이 영화 장면처럼 떠오르는데, 자랑할 만한 일이 하나도 없었다. 하다못해 돈이라도 왕창 벌었으면! 지금 내가 죽고 싹 정리하면 빚이나 다 갚을 수 있을까. 범죄만 자꾸만 떠올랐다. 운이 좋아 안 걸렸을 뿐이지 걸렸다면 감옥살이를 했어야 할 일들.

사람을 때린 적도 있었고, 몹쓸 짓도 저질렀고, 산불도 냈었고. 아무리 정신 못 차리고 살던 젊은 날들의 범죄라지만, 누구처럼 갑자기 떼돈을 벌어 텔레비전에 나오면 여러 가지로 걸릴 거야. 아무것도 아닌 시골 실패자니까 무사히 살고 있지 세상에 알려지면 네 인생도 바로 끝장이라고. 바로 끝장이 나더라도 한번 알려지고 싶다. 중학교 동창 큰면장 녀석은 신문에 수없이 나왔고, 안녕시민상도 받았고, 토정 이지함상도 받았는데, 넌 대체 평생 뭘 한 거야?

역시 가장 잘못한 일은 뚜엔과 결혼한 일이다. 그리고 애들을 낳은 죄다. 뚜엔을 처음 만났을 때, 그때 했던 말만 생각하면.

"아가씨, 그래도 나를 만났으니 행복한 겨. 내가 그래도 착한 편이거든. 한국 남자 새끼들 진짜 성격 더러워. 내가 좀 놀아봤는데 인간 같은 것들이 없어. 옛날에 너희 나라랑 우리나라랑 싸운 거 알지? 그때 우리나라 사람들이 니네 나라 가서 개망나니짓 한 얘기 들었지. 그런 놈들이라니까. 난 안 그래."

안 그리긴. 개새끼가 따로 없었다. 오죽하면 별명이 '광(미친)버섯'이었겠나. 아내를 구타한 까닭은 수도 없었다. 한국인이 아니라서(괜히 창피했다). 어머니한테 싹수없이 굴어서(뭐 눈에 뭐만 보인다고 싸가지 없는 놈 눈에는 그런 것만 보였다). 밥 늦게 차려줘서. 큰면장한테 눈웃음 쳐서. 똑똑한 체해서. 마늘댁과 연변댁한테 남편 험담해서. 애들이 울어서. 애들이 공부를 못해서. 돈 달라고 해서. 미장원에 간다고 해서. 다문화센터 다닌다고 해서. 다 말도 안 되는 트집이었다.

아내는 떠나지 않았다. 아내는 왜 시도조차 하지 않았을까? 시어머니가 불쌍해서(내 성격이 더러워서인지, 어머니와 아내는 사이가 좋았다. 둘이 한편이 되지 않으면 내 패악을 견뎌낼 수가 없었을 테다). 애들을 남편에게 맡길 수가 없어서. 내가 매달 베트남 처가에 부쳐주는 돈 때문에(유일한 자랑거리가 있었군. 18년 동안 단 한 달도 거르지 않았다). 겁이 많아서(아내는 시골 가정을 탈출한 여성의 성공담에 희망을 갖기보다는 실패담에 주눅 들었다). 마

늘댁이랑 연변댁이라는 든든한 버팀목이 있어서(정말이
지 그 두 분이 없었으면 큰일 날 뻔했다. 마늘댁이 작고했을
때 이모라도 잃은 것처럼 울어댔다).

광버섯은 입을 틀어막고 화장실로 달려갔다. 토해냈
다. 아침에 먹었던 순대국밥은 아내가 오기 전에 말끔히
토해냈고, 아내를 만난 이후에 마신 컨디션 음료, 물, 벌
꿀 등이 쏟아져 나왔다. 아내가 등을 퍽퍽 쳐주었다. "바
보, 바보!"

광버섯이 질질 짰다. "뚜엔, 나 죽으면 너 불쌍해서 어떡
하냐."

"뭐가 불쌍해. 신세 펴는 거지."

"내가 성공한 일이 또 하나 있네. 우리 새끼들. 내 유전
자는 아주 나빠. 실패 유전자거든. 우리 아버지는 나보다
너 실패한 인간이었다. 너보다 더 한심했어. 그 인간은 죽
을 때까지 엄마를 때렸거든. 나는 엄마 죽고 손 씻었잖아.
벌써 7년도 넘었다고."

"자랑이다. 10년 때리고 7년 안 때린 게 자랑이야. 이제
때릴 힘도 없으면서."

"내가 왜 너를 택한지 알아? 나는 미모 같은 거 안 봤
어. 딱 머리만 봤거든. 머리가 좋아야 유전자를 바꿔. 난

확신해. 우리 새끼들 공부 잘할 거야."

"좋은 대학 보내주면 되잖아."

"그래, 8년만, 8년만 더 살자. 대학교까지 보내야지."

"12년 더 살아야지. 입학만 시키면 뭐 해. 졸업까지 시켜야지."

계속 사는 겁니다

손홍규

이야기를 듣다

손홍규

2001년 『작가세계』 신인상을 수상하며 등단했다. 노근리평화문학상, 백신애문학상, 오영수문학상, 채만식문학상, 이상문학상을 수상했다. 소설집 『사람의 신화』, 『봉섭이 가라사대』, 『톰은 톰과 잤다』, 『그 남자의 가출』, 『당신은 지나갈 수 없다』, 장편소설 『귀신의 시대』, 『청년의사 장기려』, 『이슬람 정육점』, 『서울』, 『파르티잔 극장』, 산문집 『다정한 편견』, 『마음을 다쳐 돌아가는 저녁』이 있다.

중국의 한 도시가 봉쇄되었다는 기사를 처음 접했을 즈음만 해도 사태가 이처럼 심각해질 것이라고는 전혀 짐작하지 못했다. 아직 겨울이었고 겨울은 여느 계절과 달리 자못 스산한 터라 먼 도시에 관한 소문은 도래하지 않은 봄에 관한 소문처럼 멀게만 느껴졌다. 소문에 불과했던 일이 시간이 지날수록 어느덧 부인할 수 없는 현실로 다가왔고 그제야 내가 어떤 시대를 통과하는 중인지를 실감하게 되었다. 그렇지 않아도 계절이 봄으로 바뀔 무렵이면 기다렸다는 듯 누군가 세상을 떠났다는 소식이 하루가 멀다 하고 밀려들게 마련인데 아니나 다를까 지난봄에는 어느 해보다 많은 부고가 날아들었다. 부고를 받게 되면 비록 내가 잘 아는 이가 아니었다 해도 잠시나마 비감에 젖을 수밖에 없는데 그럴 때 내 시선이 오랫동안 머무는 곳은 부고장에 으레 덧붙여 있게 마련인 조문을 정중히 사양한다는 글귀였다. 사랑하는 이를 떠나보낸 적이 있는 사람이라면 누구나 알 것이다. 떠난 이가 생전에 무엇을 아끼고 무엇에 감탄했는지를 함께 떠올리며 나지막한 목소리로 이야기를 나누는 시간이 얼마나 소중한지를.

그즈음에 고향 친구에게서 친구의 형이 돌아가셨다는 소식을 전해 들었다. 뜻밖의 부고였다. 헤아려보니 이제 겨우 쉰을 넘긴 나이였을 텐데 세상을 떠났다는 게 쉬이 믿기지 않았다. 미룰 수 없는 일이 있어 조문하러 갈 수는 없었지만 그렇지 않았다 해도 코로나가 창궐하는 터라 엄두조차 내지 못했을 것이다. 어쩔 수 없이 그 형의 마지막 가시는 길을 더불어 지키지 못하게 된 애석한 심정을 친구에게 전하는 것으로 갈음해야 했다. 돌아보니 친구의 형은 우리가 고향에서 중학교를 다닐 때 이미 대처로 나가 지냈던 터라 명절이나 특별한 날에만 스쳐 지나가듯 잠깐씩 볼 수 있을 뿐이었다. 지금까지 살아오면서 얼굴을 마주 대한 건 손으로 꼽을 수 있을 만큼 적었지만 언제 어느 때 보더라도 아우의 친구인 나를 반갑게 맞아주곤 했다. 사실 그동안 까맣게 잊고 지냈는데 이처럼 부고를 받으니 자연스럽게 옛일이 떠오르며 가슴 한구석이 아릿해졌다. 세상을 떠난 이가 불러일으킨 비감도 그러하려니와 무엇보다 형을 잃은 친구를 생각하니 속절없이 쓸쓸해졌다. 우리라고 해서 사정이 다르지는 않았다. 대학 시절을 지나 각자의 길을 걷는 동안 이따금 소식을 주고받기는 했으나 직접 만나 회포를 풀 수 있는 기회가 드물었기에 이처럼 애사를 겪게 되었을 때라도 찾아가 손등을 한번 쓸어주는 것이야말로 친구로서 마땅히 해야 할 일인 듯해 못내 아쉬웠다. 비록 그것이 누군가를 떠나보내는 자리라 할지라도 세월은 그처럼 옛사람과의 해후에 대한 기대감으로 견디는 것임을 아는 까닭이다.

형을 떠나보낸 동생으로서 묵묵히 의례를 치르고 있을 고향 친구를 떠올리던 밤이었다. 조금 열어둔 창으로 진한 향이 섞인 공기가 내 방으로 밀려 들어왔다. 그동안은 밤공기가 쌀쌀해서 혹은 공기질이 좋지 않아서 창을 닫아뒀던 터라 이 향기의 정체를 깨닫기까지 조금 시간이 걸렸다. 아카시아 향이었다. 빛과 냄새는 사뭇 적대적이어서 밝은 대낮에는 아카시아 향이 강렬하지 않았다. 그러나 어둠이 찾아오면 향기는 바닥을 짚고 일어나 무거운 몸으로, 그러니까 한층 밀도가 높아진 채로 밤의 허공을 부유했다. 햇살에 억눌려서 낮 동안 내내 엎드렸던 향기는 어둠이 퍼져가는 속도로 몸을 일으키고 밤이 완전해지면 밤과 한 몸이 되었다. 그때는 단 한 번의 호흡만으로도 아카시아 향을 맡을 수 있게 된다. 단 한 번의 호흡. 단번에 자신을 상기시키는 향기. 그럴 수 있었던 건 햇살이라는 적이 물러가기를 끈질기게 기다렸기 때문이었다. 밤이 오기를 기다렸기 때문이었다. 어둡고 깊은 밤에 적당히 서늘한 공기에 섞여 운명처럼 밀려오던 이 향기를 나는 똑똑히 기억했다.

내게 아카시아 향은 군 시절의 경험과 깊은 관련이 있었다. 말라리아에 걸려 후송되었던 그해 5월의 일이었다. 나는 이 경험을 단편 「처후의 테러리스트」에 자세히 묘사한 적이 있지만 소설에서 모든 걸 이야기한 건 아니었다. 아침 식사를 마치고 내무반으로 돌아오자 행정보급관이 나를 찾았다. 그날 하루 동안 전술 트럭을 운전하라는 거였다. 수송용 차량은 대대 본부에만 있었다. 중화기 중대에 배속된 전술 트럭은 기관총 소대가 운용하는 특수차량이었지만 필요한 경우 수송용으로 이용하기도 했다. 그날은 5·18이었다. 군입대 전에도 5·18이면 늘 그렇듯이 하루 동안 금연과 금주를 했다. 군복무 중이었으므로 금주는 하나 마나였고 금연만이 내가 지켜야 할 스스로와의 약속인 셈이었다. 그리고 사실 나는 그 다짐을 지키지 못했다. 내가 지키지 못한 약속이 그것만은 아니었겠지만 유독 그 일이 마음에 남은 이유는 내 몸에 들어와 잠복했던 말라리아가 바로 그날부터 기지개를 켜고 일어나 분주히 활동을 시작한 탓이었다. 하루 종일 행정보급관이 가리키는 길을 따라 트럭을 운전했다. 이따금 현기증이 나면서 시야가 흐릿해졌고 식은땀까지 났지만 이를 물고 운전대를 잡았다. 잠시 쉴 틈이 생기면 주머니 속의 담배를 만지작거렸다. 오후가 되었을 때 탄약고가 있는 어느 산기슭에 정차했다. 트럭에 기대어 산을 올려다보니 아카시아꽃이 기슭을 누비고 있었다. 나도 모르게 담배를 물었고 한 대를 다 피운 뒤에야 금연 약속을 저버린 걸 깨달았다. 다음 날 새벽 누군가 나를 흔들어 깨웠다. 불침번 근무 중이던 선임병이었다. 그는 내가 헛소리를 하기에 잠꼬대인 줄만 알았다고 했다. 내 이마를 짚어보며 열이 높으니 의무대에 가보라고 했다. 그 새벽에 의무대라고 해서 특별한 처방이 있을 리 없었다. 자리만 옮겨 누운 셈이었지만 내무반을 나와 의무대로 가는 동안 처음인 듯 새벽 공기에 섞인 아카시아 향을 맡았다.

그로부터 일주일 뒤 연대 의무대로 이송되어 채혈 검사를 받았다. 말라리아 판정이 내려져 포천 일동의 육군병원으로 후송되었다. 다른 시간에는 아무렇지도 않았는데 오후 두어 시가 되면 거짓말처럼 오한이 찾아왔다. 얼음장 같은 물속에 발끝부터 천천히 몸을 담그는 것과 비슷했다. 삼십 분 정도가 지나 오한이 온몸을 뒤덮으면 그때부터 발열이 시작되었다. 벌거벗은 채 눈밭에 내버려진 것처럼 덜덜덜 떨다가 갑자기 달아오르면서 40도가 넘는 고열에 시달리기를 매일 되풀이해서 겪었다. 병원에서도 별다른 처치는 없었다. 오한이 나면 담요를 둘러쓴 채 벌벌벌 떨었고 발열이 시작되면 냉찜질을 했다. 냉탕과 온탕을 오가는 것처럼 기이하기 짝이 없는 증세였다. 기이하게 여겼던 건 그런 병을 처음 겪어본 탓이기도 했다. 하루에 한 번씩 말라리아 치료제를 복용했고, 나머지 시간에는 침대에 누운 채 바로 옆에 붙어 있는 격리병동에서 들려오는 기괴한 소리에 귀를 기울였다. 그리고 밤마다 아카시아 향이 찾아왔다.

치료가 끝나 부대로 복귀한 뒤 휴가 명령을 받았다. 병치레하느라 핼쑥해진 얼굴로 부대를 나섰다. 계절은 늦봄과 초여름이 뒤섞인 때였고 후송되기 전과는 확연히 달라서 온화하기 이를 데 없는 날씨였다. 휴가를 나간 것만으로도 이미 건강을 되찾은 듯한 기분이었다.

고향 들녘은 모내기가 한창이었다. 나는 병을 앓았던 티를 내지 않으려 했다. 어차피 거의 회복되었는데 지난 일을 꺼내어 새삼스레 부모를 걱정시킬 필요도 없었다. 이틀째 되는 날 다른 도시에서 대학을 다니던 고향 친구가 왔다. 앞서 언급한 그 친구였다. 친구에게만은 내가 후송되었던 사실을 일러준 터라 내 안부를 확인하기 위해 일부러 찾아온 거였다. 부모님 역시 예전부터 알던 친구를 반겼다. 아버지는 나와 친구를 당신 트럭에 태우더니 어디론가로 데려갔다. 우리가 도착한 곳은 내장산 근처의 백숙 전문 식당이었다. 그즈음의 시골 마을에서도 보기 드문 흙집이었는데 고즈넉하고 아담해서 풍취가 제법이었다. 아버지는 최근에 알게 된 식당인데 토종닭만을 취급하는 믿을 만한 곳이라고 했다. 한여름 복날의 몸보신이라면 모를까 고향 사람들 모두 눈코 뜰 새 없이 바쁜 농번기에 젊은 녀석들이 누리기에는 호사스러운 식당이었지만 애써 먼 길을 와준 아들의 친구를 대접하고 싫어 하는 아버지의 심사가 헤아려졌다. 음식이 나오기 전에 아버지는 자리에서 일어났다. 계산은 했으니 맘 놓고 천천히 먹으라면서 트럭을 몰고 가버렸다.

오랜만에 만난 터라 우리는 나눌 이야기가 많았다. 아버지가 자리를 피해준 덕분에 나는 무용담이라도 되듯 말라리아에 걸려 군 병원에서 지낸 이야기를 조금 과장해서 친구에게 들려줄 수 있었다. 사실 나보다 일찍 군대를 갔다 와 복학생이 된 친구에게는 흥미롭지 않은 이야기였을 것이다. 어디 그뿐이던가. 나는 친구가 포병으로 복무하던 시절에 포신에 손이 깔려 크게 다친 적이 있고 군 병원에서 엉덩잇살을 떼어내 손가락에 붙이는 수술을 받았다는 것도 잘 알았다. 그러니 말라리아에 걸려 며칠 입원한 이야기는 대수로울 게 없었음에도 친구는 내 말에 귀를 기울여주었다. 내 이야기에 귀를 기울이는 친구를 보는 것만으로도 말라리아에 시달렸던 고된 시간의 기억이 말끔히 씻겨 내려갔다. 느긋하게 식사를 마치고 흙집 마당으로 나와보니 아카시아 향이 실린 바람이 불어왔다. 우리는 아카시아 향에 대해서도 몇 마디를 나누었다.

휴가를 마치고 부대로 복귀한 뒤 소대장과 면담이 있

었다. 으레 거치는 일반적인 면담이었다. 대대 의무대에 입실할 때부터 면담할 기회가 없었으니 그때까지의 일상을 비롯해 휴가를 보내는 동안 특이사항은 없었는지 등을 확인하는 자리였다. 면담이 끝났을 때 소대장이 너스레를 떨며 물었다. 그런데 아버님 화는 누그러지셨나? 나는 무슨 말인가 싶어 귀를 곤두세웠다. 내가 후송되어 입원해 있는 동안 소대장이 고향에 전화를 했다고 한다. 그런 경우 병사의 상태를 직계가족에게 통보하라는 지침을 따른 거였다. 그런데 아버지의 반응이 날카로웠다. 후송되자마자 아니, 대대 의무대에 입실하자마자 연락을 해줘야 하는 게 아니냐, 자식을 군대에 보낸 부모의 심정을 정말로 헤아린다면 그럴 수는 없다며 차분하게 따졌다. 소대장은 변명할 말이 없어서 진땀을 흘렸다. 아버님이 불같이 화를 내시는 바람에 사실 변명도 제대로 못 했네. 면담을 마치고 막사 뒤편으로 숨어들어 담배를 한 대 피웠다.

내가 겪은 일을 말하지 않음으로써 부모에게 걱정을 안기는 실수를 하지 않았으니 그만하면 자식의 도리를 다한 것이라고만 여겼다. 그건 내 착각이었다. 오히려 아버지는 내게 말하지 않음으로써 당신이 느낀 두려움을 누구보다 잘 갈무리한 셈이었다. 고향 집에서 휴가를 보내는 나흘 동안 아버지는 내게 한마디도 묻지 않았다. 괜찮았냐고 묻지 않았다. 견딜 만했냐고도 묻지 않았고 병원에서 보낸 시간이 어떠했느냐고도 묻지 않았다. 그런 사실을 알고 있다는 기색도 전혀 내비치지 않았다. 당신은 퍽 능청스럽게 시치미를 뗀 거였다. 아마도 묻고 싶었을 테지만 아무것도 묻지 않음으로써 모든 걸 물었을 때보다 더 간절하게 당신이 얼마나 내 안위를 걱정하며 노심초사했는지를 보여준 셈이었다. 소대장이 그 말을 하기 전까지 볼 수 없었고 어쩌면 영영 볼 수 없었을지도 모를 당신의 내심을 막사 뒤편에 흥건하게 고인 아카시아 향을 맡으며 헤아렸다. 그리고 이전에 내가 결코 볼 수 없었기에 알지 못했던 것들이 무엇이었는지를 생각했다. 내가 알지 못하지만 나를 쓰다듬고 지나간 손길을 기억하려 애썼다. 생각해야 할 일이 너무나 많았고 그런 일이 많다는 사실이 왠지 모르게 서글펐다.

전염병이 창궐하는 이 시기야말로 명백한 재난이라 할 수 있겠지만 돌아보면 재난이 아닌 시기는 없었던 듯하다. 삼풍백화점과 성수대교 붕괴, 지하철 폭발, 국가부도 사태를 비롯해 세월호 참사 그리고 코로나19에 이르기까지 하나의 재난 뒤에 또 다른 재난이 이어졌고 앞으로도 어김없이 재난은 일어나게 될 것이다. 민주주의를 파괴하고 부유한 자들의 편에 서서 시민을 억압하고 착취하는 자들이 일으키는 재난은 너무나 일상적인 탓에 재난이 아닌 것처럼 여겨질 정도다. 한평생 재난과 더불어 산다고 해도 과언이 아닐 듯하다. 그럼에도 불구하고 아직까지 어떤 재난도 사람을 완전하게 망가뜨리지는 못했다. 재난은 누구에게나 감당하기 어려운 일이지만 사람은 재난을 겪는 중에도 사유하기를 멈추지 않는다. 아니 재난을 겪는 중에는 어느 때보다 더 잘 사유한다. 특히 그것이 사람들 사이의 관계를 뜻하는 문제라면 재난은 관계의 본질을 확인하는 계기가 되어주기도 한다. 다시 말하자면, 사람은 재난 속에서 자신이 진정으로 누구를 사랑하는지에 대해 생각하게 된다.

　여름이 지나 가을로 접어들 무렵 친구에게 연락이 왔다. 내가 사는 동네 근처로 올 일이 있는데 얼굴 한번 볼 수 있겠냐는 거였다. 우리는 동네 근처 커피숍에서 만났다. 얼굴을 맞대고 이야기를 나눈 게 얼마 만인지 헤아리기도 힘들 만큼 정말 오랜만이었다. 뒤늦기는 했지만 나는 친구에게 형이 어떻게 투병을 했는지, 마침내 형이 운명하였을 때 어떻게 보내드렸는지를 물었다. 친구는 차분하게 살아생전의 형이 어땠는지를 이야기했고, 나는 오래도록 친구의 이야기에 귀를 기울였다.

김이듬

하필이면 코로나라서

김이듬

2001년 계간 『포에지』로 등단했다. 시집 『별 모양의 얼룩』, 『명랑하라
팜 파탈』, 『말할 수 없는 애인』, 『베를린, 달렘의 노래』, 『히스테리아』,
『표류하는 흑발』, 『마르지 않은 티셔츠를 입고』와 장편소설 『블러드 시
스터즈』, 산문집 『모든 국적의 친구』, 『디어 슬로베니아』 등이 있다.
현재 '책방이듬' 대표이다.

사나흘째 감정이 복받쳐 있었다. 이대로는 안 되겠다 싶었다. 오늘은 휴대전화를 던져두고 아무도 없는 해변으로 가고 싶었다. 하지만 바닷물 대신 수돗물에 몸을 담그는 게 현실적 선택이었다. 출근길에 목욕탕에 들렀다. 책방 옆 건물 지하에 24시간 영업하는 불가마 사우나가 있다.

누군가 내게 다가왔다. 뿌연 거울로 보니 튼튼한 하체의 맨살이 보였다. 나는 온몸에 비누 거품을 묻힌 채로 뒤돌아보며 눈을 휘둥그렇게 떴다. "맞죠? 시인인 줄 몰랐지 뭐예요. 저번에 내가 무례했다면 사과하려고……." 그녀는 몸을 숙여 내 면전에서 자신의 손바닥을 마주쳤다. 며칠 전에 책방에 와서 자기가 찾는 책이 없어 짜증스러워한 걸 미안하다고 했다. 축하한다고도 했다. 등을 밀어

주겠다는 호의에 나는 엉거주춤 플라스틱 의자에서 일어나 아니다, 괜찮다, 감사하다며 손사래 쳤다. 바다에 빠져 허우적거리는 사람처럼 보였을 것이다. 도대체 무슨 일이 일어난 거지.

블랙코미디 장르라고 할 수 있겠다. 지난달에 받은 시나리오 제목은 '하필이면 코로나라서'였다. 박성경 작가가 시나리오를 써가지고 책방에 와서 단편영화를 찍자고 했었는데, 농담이 아니었다. 시나리오 리딩과 동선 체크가 바로 지난주에 책방에서 이뤄졌다. 오늘 오전 열한 시에 책방에서 진짜로 촬영을 시작한다. 이 영화의 스토리는 단순하다. 하필 코로나19 시절에 첫 소설책을 출간한 작가가 자신이 어렵게 마련한 첫 행사 '저자와의 만남'에 독자가 오지 않는 상황을 그리고 있다. 허구가 아니라 직면한 현실을 담은 것이다. 이 영화 촬영은 엄청난 카메라와 장비를 사용하는 게 아니라 스마트폰으로 찍는 것이다. 유명 배우를 섭외한 게 아니라서 시나리오 작가, 음악감독 그리고 책방에서 일하는 나와 단골손님이 배우로 출연한다. 시나리오 작가와 친한 촬영감독과 프로듀서가 자진해서 도와주기로 해 일사천리로 진행된 작업이다.

박   (냄새 맡으며) 꽃말이 뭐니?

김   (동시에 냄새 맡으며) 몰라.

박   시인이 장미꽃 꽃말도 모르다니 말이 돼?

김   원랜 알았거든? 너도 카페에 하루 손님 한두 명
     와봐라. 머릿속이 새하얘져서 아는 것도 다 까
     먹어.

　　오늘 우리가 만들 영화의 시나리오에는 이런 대목도
있다. 실제로 꽃말뿐만 아니라 좋아하는 음악도, 그 음악
을 같이 들었던 사람의 이름도 가물가물하다. 여기서 끝
난다 해도 어쩔 수 없다는 심정으로 올 한 해의 코로나
사태를 목격하고 있었다. 어쩌면 마지막으로 이 시절을
영원히 필름에 남길 수 있겠다 싶어 영화 촬영에 흔쾌히
응한 점도 있었다. 15분 정도 혹은 더 간결하게 작업하
여 내년 초에 있을 예천 스마트폰 영화제에 출품할 예정
이다. 호숫가의 작은 책방에서 찍은 독립영화에는 지난
3년간의 책방지기의 삶까지 묻어나지는 않겠지만 사소
하게나마 추억이 될 수 있을 것 같다. 다음 달이면 사라지

게 될 여기, '책방 이름'을 담는 거니까 기분이 남다르다.

　목욕탕에서 서둘러 나오느라 머리카락을 말리지 못했다. 책방 창가에서 가을 햇살을 쐬며 커피를 마시는데, 감독과 스태프들이 모두 도착했다. 값싼 항공사 창가 쪽 좌석에 앉아 이륙을 기다리던 기분이 날아갔다.
　"책방이 아니라 꽃집이네. 이렇게 많이들 축하해줬구나. 옜다 꽃다발, 수상 축하해!" "책방 앞에 플래카드까지 걸어두고 잔칫집이 따로 없군요." "설마 기분이 울적한 건 아니죠?" 나를 보며 한마디씩 한다. 웬걸, 나는 눈물이 그렁그렁한 걸 들키지 않으려고 주방으로 뛰어가며 뭘 마시고 싶은지 물어봤다. 이곳에서 네 번째 가을을 보내고 있다. 첫날부터 싱크대에 더운물이 나오지 않았지만 매일 손 시린 줄 모르고 설거지했다. 책방에서 만나 차츰 우정을 나누게 된 사람들이 플래카드를 제작해 와서 지난밤에 외벽에 붙여놓고 간 걸 오늘에야 보았다. 커다란 보라색 천에 "경축, 책방 언니 김이듬 시인, 전미번역상 수상, 루시엔 스트릭 번역상 수상, 영국 사라 맥과이어상 최종 후보 선정"이라고 적고 내 사진과 시집 사진을 새겨넣은 거였다. 동네방네 소문나지 않을 수 없겠다.

나흘 전 아침, 느닷없이 기자들이 전화를 해왔다. 첫날 밤에는 JTBC 저녁 뉴스에도 나왔다며 지인이 전화를 했다. 이어지는 메시지와 전화, 꽃다발과 화분. 선물을 가져오는 이도 있었다. 한국문학번역원 원장님은 꽃다발과 카드를, 문체부 장관님은 축전도 보내왔다. 일종의 충격이었다. 작년에 미국에서 번역되어 출간된 『HYSTERIA』가 한꺼번에 두 가지 번역상의 최종 후보로 선정된 건 알고 있었지만, 수상할 거라고는 전혀 예상하지 못했던 일이라서. 처음 소식을 접하곤 눈물이 쏟아졌고 차차 실감이 나며 기뻤다가 이후엔 복잡 미묘한 심정이 되었다.

7년 전에 나는 『히스테리아』 시집 원고를 문학과지성사에 투고하였다. 조마조마했는데 다행스레 출간이 결정되었고 이듬해에 내가 붙인 가제 그대로 시집이 출간되었다. 그 시집에 실린 작품 「시골창녀」로 인해 나는 무척 곤혹스러운 일을 겪기도 했다. 당시 국제펜클럽행사가 열렸던 경주 화백컨벤션센터에서 내 차례가 되어 시를 낭독했다. 그토록 많은 국내외 작가들 앞에서의 낭독은 드문 일이었지만 별로 떨리지 않았다. 뒤에서는 긴장하고 떨다가도 시를 손에 들고 무대에 올라가면 지나칠 정도로 또렷이 사람들이 보인다. 나를 꾸짖거나 비난하는 사람들도 이 순간만큼은 내 목소리를 들어줄 거니까. 나는 시를 가지고 나의 신세와 세계와 마찰하려는 사람이니까.

「시골창녀」를 읽고 다음 시를 낭독하려는 순간, 객석에서 큰 소리가 났다. 한 사람이 무선 마이크를 들고 뭐라고 외치는 거였다. 상상 초월의 사태라서 내 귀가 순간적으로 멀었다. 그는 나를 향해 삿대질을 하며 성큼성큼 앞으로 걸어왔다. "이 자리가 어떤 자린데, 그따위 추잡스러운 걸 읽어? 그게 시야? 그게 시냐고!" 나는 그와 눈을 마주칠 수 없었다. 그는 잘 차려입은 양복에 모자, 선글라스를 쓰고 있었다. 그는 나의 작품을 혐오하는 발언을 계속하였고 나는 저절로 주저앉았다. 행사 스태프들이 나를 부축하여 밖으로 나갔다. 이후 다음 섹션으로 넘어가기 전에 잠시 컨퍼런스가 중단되었다고 들었다.

책방에 오는 주민들에게 선뜻 시인이라고 말하지 못한다. 나는 손님들에게 나를 '책방 언니'라고 소개한다. 편의점에 가도 "책방 언니 오셨네. 이거 먹고 힘내요." 그러면서 유통기한이 막 지난 삼각김밥이나 에그샌드위치,

우유 등을 챙겨준다. 나는 작품을 쓰는 깊은 밤이나 새벽에 시인으로 변신하기 때문에 사사롭게 뭐라고 불려도 자존감에 상처받지 않는다. "어이, 이봐요. 손님이 왕이잖아. 커피 리필은 기본 아니야?" 그러는 분께는 여기서는 다 평등하다고 말한다.

나는 꿈을 꾸었을 것이다. 그것은 내가 좋아하는 보라색, 초록색 등 자연스러운 숲의 천연색이었지만 실제로는 내가 즐겨 입는 옷처럼 무채색의 그림자를 가지고 있었다. 내가 쓴 시가 독자들에게 고귀한 무엇으로 스며들지는 못해도 계속 써도 좋다는 지지를 이즈음 받은 것 같아서 좋다. 하필 한국이 아닌 미국에서 수상하고 상금은 번역자에게 다 가지만, 수상하거나 상금 받으려고 작품을 쓰는 작가는 없다. 모국어로 쓴 시를 혐오하고 배척한 사람도 있었지만 나는 그를 이해하려고 애썼고 작년엔 납득이 갔다. 자신이 지닌 문학적 신념을 안전하게 지키고 싶었을 그 사람에게 나는 어떤 타격과 분노를 줬던 거겠지.

크게는 작가와 책방 언니, 대학교 선생 사이를 오가며 살아가고 있다. 그 간극과 틈에 나는 끼인 존재 같다. 정체성 없으며 삶에 무능하다는 걸 나날이 깨닫는다. 어떤 날은 내 마음속에서 속삭이듯 들리는 소리가 있다. 엄살 말라고, 모든 사람이 너만큼 삶에 고군분투하고 있다고.

아직 나는 살아 있다. 3년 이상 책방을 유지했다. 망하거나 까무러치거나 도망치지 않은 건 많은 방문객들과 초대작가들 덕분이었다. 특히 책방을 자신의 공간만큼 좋아하는 벗들이 있어 코로나19에 잠식당하지 않고 다 털리면서도 버틸 수 있었다. 이제 곧 더 멀리, 더 낮은 곳으로 간다. 보증금과 월세가 낮은 변두리 모서리 자리로 가지만, 바닥을 쳤지만 지하실은 아니다. 이동하는 건 설레는 일이고 도전하는 건 작가의 책무라고 어제 일기에 적었다.

아무튼 오늘은 난생처음 배우가 된다. 나의 배역은 '시인'이다. 짧은 독립영화지만 대사를 외우기가 어렵고 길게 느껴진다. 인생도 어쩌면 단편영화이고 내가 다다라야 할 삶도 시인이겠지. 나는 책방 칸막이 뒤에서 등장하도록 연출되어 있다. 책상을 재배열하는 소리가 들린다. 큐 사인을 기다린다.

최금진

섬에서 쓰는 시

최금진

2001년 『창작과비평』 제1회 신인시인상을 수상하며 등단했다. 시집으로 『새들의 역사』, 『황금을 찾아서』, 『사랑도 없이 개미귀신』이 있다.

마스크를 낀 사람들

마스크를 끼면 이상하게도 떳떳해진다. 용기가 생긴다. 얼굴 붉히고 싸울 만한 말도 서슴지 않고 내뱉을 수 있다. 분노로 달아오른 얼굴의 홍조조차 거의 들키지 않는다. 부르르 떨리는 목소리도 충분히 감출 수 있다. 조금 더 뻔뻔해지고, 조금 더 당돌해진다. 그리고 그에게 다가가 거침없이 내 속에 있는 말을 내뱉는다. 상대의 따가운 시선과 당황스러운 표정은 마스크를 뚫고 들어오지 못한다. 이제 부끄러움은 사라지고 입속에 갇혀 있던 쭈뼛거리던 말들은 마스크를 통해 해방된다. 욕망과 감정은 얇은 보호막 한 장으로 충분히 보호된다.

내가 살고 있는 제주도의 상황도 우리나라 그 어느 도

시 풍경과 별반 다르지 않다. 모든 이가 마스크를 끼고 살아가는 진풍경이 연출되고 있다. 얼굴을 반쯤 가리고, 눈만 빼꼼 내놓고 거리를 걷고 복도를 걷는다. 실내에서도 마스크를 벗는 이는 거의 없다. 마스크는 이제 사람들의 얼굴과 표정을 획일화하는 표준이 된 듯하다. 복면을 쓴 사람들이 한라산과 크고 작은 오름들이 불쑥 솟아 있는 거리를 걸어간다.

마스크가 보건과 안전의 도구이기는 하지만, 마스크는 때로 표정을 지키는 방패 같은 거라고 생각해본다. 타인과의 적절한 거리와 위치를 조정하는 도구라고 생각해본다. 얼굴의 반이 가려진 상태에서 보는 인간의 이마와 눈은 아무것도 아니다. 이제 대화를 하거나 마음을 나누는 일에 마스크 착용이 미치는 영향은 지대하다. 마스크는 표정을 감추고 웃음을 감추고 목소리까지 변조한다. 마스크 안에서 웅웅대는 그의 목소리를 알아듣기 위해 신경을 곤두세워야 한다. 서로 알아듣기가 어려운 상황이라면 말을 많이 하지 않아도 좋다. 누군가와 만나 이야기를 나누는 동안 진실을 다 보여주지 않아도 좋다는 면죄부를 얻는다.

제주에 와서 가장 당혹스럽게 느꼈던 것은 제주 사람

들의 방언이었다. 특히 노인들의 말은 낯선 외국의 언어 같았다. 방언이 가장 효과적인 곳은 시장이다. 물건을 구매할 때, 우리는 하나라는 생각을 확실하게 상대에게 전달해줄 수 있고, 이기적인 거래가 아니라 뭔가 이타적인 느낌의 거래가 오고 간다. 물론, 방언의 변방으로 밀려난 이들도 있다. 외지인들, 관광객들, 이주민들. 내게 제주도의 방언은 마스크를 낀 말, 웅웅거리는 말, 거리를 두는 말로 다가왔다.

마스크 착용이 일상화된 요즘, 이제 모든 말들은 희석되고 옅어지고 흐려진다. 서로가 서로에게 이방인이 되어간다. 표정이 없는 말, 감정이 느껴지지 않는 말, 희미해지고 모호해진 말 속에서 나는 좀 더 자유로워진다. 내 정체는 들키지 않는다. 당신의 정체를 알 필요가 없다.

모든 말은 마스크를 거치며 필터링되어 나온다. 필터링된 말은 조금 색깔이 흐려지고, 윤곽은 불투명하다. 필터링된 말을 해석하기 위해선 상상력과 추리력이 필요하다. 긍정적인 동작, 충분히 공감한다는 끄덕임이 반복된다. 표정과 목소리를 감출 수 있게 되면서 반쯤은 완벽한 포커페이스가 가능해진다. 그도 나도 서로 마스크를 끼고 얼굴의 반을 허락하면서 그 절반의 틈입은 철저하게 봉쇄한 채 대화를 나눈다. 웃음이 슬며시 묻어나는 상대의 눈이 어떤 의미인지 파악하기가 어렵다. 입을 오므리고 있는지, 벌리고 있는지, 경멸의 미소를 짓고 있는지, 활짝 웃고 있는지 알 수가 없다. 나와 상대의 거짓과 진실을 서로 겨룰 뿐이다.

'거리두기'에도 단계가 있어서, 좀 더 느슨한 규정이 적용되는 곳도 있다. 바로 카페다. 카페에 들어서기 전에 마스크를 눈 밑까지 끌어올리고 턱 아래까지 잡아 늘인다. 카페엔 공부하는 학생들로 가득하다. 학교 수업이 비대면 온라인 수업으로 바뀌면서 중고생들이 카페로 몰리고 있다. 어른들도 마찬가지다. 갈 곳이 없어진 사람들은 카페에 모여 이야기를 나눈다. 카페는 이상한 믿음과 신뢰로 다져진 성지마냥 떳떳해진다. 용감해진다. 차를 마시는 동안 입에서 버젓이 마스크가 벗겨지고 그것은 의당 필요한 동작이라는 묵시적인 동의를 얻는다.

흰 마스크들이 테이블 위에 놓여 있다. 누군가의 입을 규제와 통제로 틀어막을 수는 없다는 듯이 마스크는 벗겨진다. 방역 통제를 위해 개인의 선택과 자유를 제한하는 문제는 마스크와 입에 관한 문제이기도 하다. 누군가가 기침을 한다. 기침이 그치지 않는 모양이다. 고개가 그

쪽으로 콱콱 돌아간다. 입을 틀어막고 황급히 카페 문을 빠져나갔다 돌아오는 그의 눈이 시뻘겋다. 마스크 안에서 잔뜩 독이 오른 그의 눈이 빛난다. 카페 문이 열리고 흰 마스크 한 무리가 들어온다. 마스크 안에 자리 잡은 익명에 대한 불신과 익명으로 무장한 당돌함이 교차한다. 마스크 밖으로 빠져나오는 말들은 모두 흐릿하다. 이제 마스크를 낀 말들이 만국의 공용어다. 여기는 2020년 제주.

섬과 꿈

제주도에 산 지 5년이 되어간다. 내가 사는 이곳에 많은 사람들이 들어와 유흥을 즐기고 간다. 코로나19 팬데믹의 불안이 크면 클수록 도피와 휴식과 위로의 필요성이 절실한 모양이다. 추석 연휴에만 30만 명의 관광객이 다녀갔다고 한다. 불안을 소비하는 것이다. 불안을 소비하고 위안을 구매하는 것이다. 그러나 섬에서 오래 살아온 사람들에게는 달가운 일이 아니다. 이곳 사람들에게 섬은 본질적으로 생계와 생활의 공간이지 놀이와 유흥의 공간은 아니다. 그러나 그런 이유로 섬의 거주민들은 타지에서 온 사람들의 불안을 구매할 수밖에 없다. 이곳의 생업은 관광에 있기 때문이다.

섬에 이르는 길은 많지 않다. 풍랑이 일고 태풍이 불면 뱃길이든 하늘길이든 모두 막힌다. 섬에 산다는 것은 일정 부분 단절과 고립을 수용하고 그것을 견딘다는 것이다. 길이 단절된다는 느낌은 생각보다 우울하다. 섬으로 이주한 사람들끼리 만나면 우울로 인한 연대감이 생긴다. 어디서 오셨습니까, 잘 적응하셨습니까, 이것은 이주민들의 가장 흔한 인사법이다. 물론 돌아오는 답은 제각기 다르지만 어떤 식으로든 그들의 표정은 흐리다.

제한적 공간으로서의 섬은 시간마저 정체된 곳으로 만든다. 종일 길을 따라 걸으면 해 질 녘엔 결국 제자리로 돌아올 것만 같은 이 장소적 제한은 시간의 흐름마저 정지된 것처럼 만든다. 내일도 오늘과 별바 다르지 않을 거라는 허무한 생각이 저녁 잠자리에 파고든다. 이렇게 살다가 끝날 거라는 뻔한 결말은 섬의 시간이 짜놓은 단순한 플롯이다. 해안가를 따라 개와 산책하는 사람은 개의 목줄을 놓치고도 급할 것이 없다. 발은 파도에 흠뻑 젖는다.

문학에서 섬은 줄곧 고독의 상징으로 사용된다. 섬은

은둔자의 손바닥이나 그의 배낭이나 그의 뒷모습처럼 생겼다. 섬은 빈집에 혼자 남은 노인 같다. 섬은 폐가 같다. 섬은 아무렇게나 풀어놓고 키우는 염소 같다. 섬은 말뚝 같다. 섬은 밤에만 우는 귀신 같다. 혼자 사는 이 같다. 그 사람의 방 같다. 이렇게 섬은 그 자체로 하나의 시가 된다.

제주로 이사를 결행한 것은 그런 자발적 고립의 선택이었다. 분노와 자포자기의 감정이 뒤섞인 채 제주로 이사했다. 삶을 즐기겠다는 의도보다는 실패와 좌절에 대한 회피, 보복의 의도가 더 컸다. 많은 책을 두고 왔고, 전화번호도 바꾸었다. 시를 쓰는 것보다 등산과 낚시에 취미를 가져볼 생각을 했다. 돌아갈 수 없다면 돌아가지 않으리라고 생각했다.

바깥이 봉쇄된 섬은 어떤 역설이다. 글을 쓰는 일 또한 그렇다. 길이 끊어진 곳에서 새로운 길을 보며, 닫힌 창문 앞에서 다시 하나의 창문이 열린다. 그건 내가 원하든 원치 않든 끝없이 열리고 닫힌다. 그리고 그 창문을 통해 들여다보는 세계는 이전 세계의 그것과는 사뭇 다른 풍경이 펼쳐진다. 어부들은 바다 멀리까지 나가 등을 켜고 갈치와 한치를 낚는다. 이 섬의 중앙에는 커다란 산이 있고, 그 산의 분화구 깊은 바닥에는 아직 꺼지지 않은 용암이 시뻘건 눈으로 우리를 올려다본다. 내면의 깊이를 더 깊게 파 내려가면 거기에는 아직 뜨거운 열정이 도사리고 있는 것이다. 이것은 시에 이르는 비유이다. 자신의 삶에서 아주 중요한 어느 하나의 길을 접어야 할 때, 세상의 어느 한 곳이 막히고, 출구가 보이지 않을 때, 섬은 우리를 부른다. 우리를 찾아서 우리의 삶을 읽어준다. 인간은 모두 섬이 되어야 한다고 말한다. 우리가 섬을 생각할 때, 실은 우리는 시를 생각하는 것이다. 고립 속에서 시를 버리겠다고 각오했을 때, 오히려 시는 고립 속에서 나를 찾으러 왔다.

사람들은 저마다 섬처럼 고립 속에 갇힌 채 물살에 시달린다. 머리만 내놓고 동동 떠다니는 안개 속의 섬들, 흰 마스크를 끼고 저마다 혼자씩 걸어가는 사람들과 정확히 겹쳐진다. 살림살이는 어려워지고, 얼굴을 맞대고 진실을 나누는 시간은 줄어들었다. 삶과 죽음, 흐릿하지만 정확히 그 무거운 주제와 연결된 채, 사람들은 지금 누구와도 나눌 수 없는 실존적 문제를 겪고 있는 것이다.

나는 그 어느 때보다 시를 많이 쓴다. 그리고 사람들은 죽음에 대해 아주 조금 진지한 척을 한다. 여기는 섬이다.

여기에서도 감염병은 모든 이를 고립과 단절 속으로 밀어 넣고 있다.

단절과 격리라고?

관공서든 민간단체든 사적 모임이든 연일 '거리두기'를 강조하고 있다. 아닌 게 아니라 단절과 격리가 감염병의 예방과 차단의 핵심이라고 다들 한목소리를 낸다. 단절과 격리의 습관을 살아온 사람들에겐 오히려 오늘날의 이 같은 풍경은 과장되어 보인다. 단절과 격리는 일상적인 생활 패턴이었으며 지속된 생활 방식일 뿐이었다. 그런데 이제 모든 이가 스스로 자발적 유폐를 강조하며 단절과 격리를 실천하고 있는 것이다. 언제 단절과 격리가 없었던 적이 있었던가. 그것은 글을 쓰는 사람으로서 살아온 지난 수십 년의 시간을 통해 얻은 나의 결론이다. 생각은 비범하게, 행동은 평범하게 하려고 애쓸수록 비범과 평범의 영역 어디에도 속하지 못하고 이도 저도 아닌 고립무원의 병만 얻었다. 이쪽도 저쪽도 아닌 삶의 경계를 살아가는 것이 작가의 숙명이라고 변명 아닌 변명

을 하면서, 나 또한 단절과 격리의 삶을 살아왔다고 생각
한다.

시를 쓰게 되면서 세계를 더 자세히 들여다보는 눈을
갖게 되었고, 들리지 않는 소리, 보이지 않는 풍경을 보
게 되었다. 여럿이 어울리는 흥겨움 속에서는 절대로 얻
을 수 없는 작고 보잘것없는 세계의 아름다움을 알아가
는 동안 삶은 평범에 비해 늘 모자랐으며, 작가적 역량
또한 비범에 미치지 못했다. 사람들이 아무렇지도 않게
수행하는 일상에서 자주 거짓과 허무를 보았다. 성공적
인 사회생활이란 사회구조를 잘 따르는 것이었으나 그
런 획일화되고 일방적인 구조 안에는 들어갈 수 없었다.
다른 이들이 정상적으로 수행하는 일상이 때론 무가치
하고 버겁기도 했다. 일찍부터 망했고, 일찍부터 패배한
채로 수십 년을 살아온 사람, 7에게 단절과 격리는 너무
도 흔한 일상일 뿐이었다.

전 세계를 휩쓸고 있는 감염증에 대한 두려움은 사실
죽음에 대한 두려움이다. 혹여 이미 숙주가 되어버렸을
지도 모를 자신으로부터 가족과 이웃을 지키기 위해 마
스크를 끼고 손을 씻으면서 근본적으로 그는 자신의 죽
음을 두려워한다. 이것은 사실이다.

죽음의 증상은 신체 활동의 정지와 정신 활동의 정지로 설명할 수 있겠다. 신체와 정신 활동이 정지된 채 삶을 유지하는 사람은 식물인간이거나 우울증 환자, 혹은 영화 속 좀비와 같은 인물들이다. 시체의 삶을 살아온 이들은 또 있다. 사회·경제적으로 밑바닥을 사는 사람, 우리 사회에서 가장 소외되고 혐오의 대상이 되어버린 사람, 이들은 모두 시체의 삶을 살아간다. 여기에, 코로나19가 새로운 시체의 삶을 강요하고 있다. 죽음에 대한 공포를 안고, 경제적으로 최악의 삶으로 내몰리면서, 자신과 이웃을 스스로 격리하면서, 사람들은 유폐되고 있다.

그리고 조금 다른 위치에서 시체의 삶을 살아온 사람, 즉, 글 쓰는 사람으로서의 삶을 살아온 사람들이 있다. 그들은 나의 동료이며, 우리는 사회적으로 무익하며, 경제적으로 아무 생산력이 없으며, 타인으로부터 어떤 존재의 가치를 부여받지 못하는 사람들이다. 작가는 일찍이 패배한 사람이며, 처음부터 모든 싸움을 포기한 사람이다. 그렇게 바닥을 소유함으로써 작가는 도약할 수 있는 무한한 깊이를 갖게 된다. 일상의 잔잔한 고요가 실은 침묵하는 죽음임을 일찍이 알게 된 사람은 기꺼이 일상을 내려놓고 단절과 고립과 격리 속으로 걸어 들어간다.

그러므로 나는 말한다. 언제, 한 번이라도 단절과 격리가 없었던 적이 있었던가. 중심에 속하지 못하고 주변을 맴도는 삶은 그렇게 지속되어 왔고 또한 앞으로도 그럴 것이다.

글을 쓴다. 이 단절의 시대에 나의 글은 어디로 갈 것인가. 어느 섬에 내려앉아 꽃씨를 틔우고 꽃밭을 일구게 될 것인가. 작가는 가닿을 수 없는 그 너머를 상상하고 이루려는 시도를 통해 거듭난다. 비로소 자신의 역할과 임무에 절절한 사명감을 느끼기도 한다. 때로 그것은 자신의 절박한 일상과 삶에 직결된 것이기도 하지만, 어쨌든 작가는 자신을 쓰면서 자신과 거기 몸담은 세계와 타인을 표현하게 될 것이다. 작가는 섬과 마스크 안에 기거하는 존재다. 고립과 자가격리의 존재다. 오늘은 이 섬의 가장 끄트머리인 섶섬과 범섬이 있는 곳에 가야 한다. 그리고 운이 좋으면 나는 거기서 돌고래 떼를 보게 될지도 모른다. 여기는 제주다.

(이설야)

여전히 반대 방향으로

이설야

2011년 『내일을 여는 작가』 신인상으로 등단했다. 2017년 제1회 고산
문학대상 신인상을 수상했다. 시집 『우리는 좀더 어두워지기로 했네』
가 있다.

입 없는 얼굴들

거리의 상점들은 거의 문을 닫았다. 격리 시설에 병상이 부족해서 더 이상 사람을 수용할 수 없다고, 연일 기사들이 쏟아졌다. 나는 시멘트 안에 갇혀 화석이 된 고양이 발자국을 따라 걷고 있었다. 그날따라 눈은 하염없이 내렸고, 눈발 사이로 언뜻 보이는 하늘은 더 이상 예전의 하늘이 아니었다. 마스크로 얼굴의 반을 가리고 마주 오는 사람들을 피하면서 계속 걷다 보니 홍예문이었다. 일명 부지개문이라고도 하는 돌문을 막 지나고 있는데 얼마 전 대만 가오슝에 다녀온 화가가 단톡방에 전시회 소식을 올렸다.

나는 코로나 때문에 잠깐 망설였지만, 약속 시간에 맞

춰 전시회장으로 갔다. 전시회장 입구에는 '가오슝을 바라보는 6인의 시선'이라는 포스터가 붙어 있었다. 전시 제목은 가오슝의 관광특구 연지담 용호탑 입구에 쓰여 있는 '입룡후출호구入龍喉出虎口'에서 따왔고, 그 뜻은 '용의 목구멍에 들어가 호랑이 입을 꺼내라.'이며, 해석은 각자 자유로울 수 있다고 전시기획자가 나눠준 팸플릿에 적혀 있었다. 나는 전시된 작품들 속에 펼쳐진 바닷가 물류창고나 공장지대를 보면서 인천항의 옛 모습과 흡사한 가오슝을 걷는 상상을 했다. 전시기획자는 용의 목구멍으로 들어가서 호랑이 입으로 빠져나오면, 액운을 막고 길운을 받아서 새로운 눈을 갖게 될 것이라고 했다. 나는 '용의 목구멍에 들어가서 호랑이 입을 어떻게 꺼내올까' 궁리하면서 전시회장을 빠져나왔다.

눈이 다시 내리기 시작했다. 나는 '용과 호랑이, 목구멍과 입', 그것을 계속 되뇌면서 마주 오는 사람들과 반대 방향으로 걸었다. 눈이 잠시 그치자, 어제도 마주쳤던 꼬챙이처럼 삐쩍 마른 청년이 내 앞을 비틀거리면서 지나갔다. 청년은 언제나 배낭을 메고 손에는 구겨진 비닐가방을 들고 있었는데, 지나갈 때마다 병들이 부딪치는 소리가 들렸다. 어느 날은 이마트 공병 수거장에서 눈이 마주치기도 했다. 그 청년과 반대 방향으로 한참 걷다 보니 어디선가 야옹하는 소리가 들렸고, 나는 본능적으로 멈춰서 몸을 굽혔다.

흰색 자동차 바퀴 안쪽으로 작은 발가락이 보였다. 삼색 새끼 고양이였다. 우리 집 막내 고양이와 같은 삼색 고양이니까 암고양이다. 나비야, 나비야 하고 부르니까 고양이는 자동차 바깥으로 나오더니 내 코앞으로 얼굴을 내밀었다. 고양이 얼굴의 반은 검은색, 반은 노란색이었다. 코도 촉촉한 분홍색이었다. 내가 준 사료를 다 먹고 츄르를 주니까 앞발로 꼭 잡고 먹었다. 그러고는 조그만 발바닥으로 살얼음이 언 보도블록을 빠르게 건너갔다. 그날 이후로 내 영혼은 그 작은 고양이의 울음소리로 가득 찼다. 한겨울을 횡단하는 고양이의 야옹 소리가 내 귓속에 고드름처럼 매달렸다.

코로나 바이러스로 일상의 모든 시곗바늘이 구부러졌다. 뉴스로 시작해서 뉴스로 끝나는 불안한 나날들 속에 마스크를 쓴, 입 없는 얼굴들은 전 세계인의 공통 얼굴이 되어갔다. 각 나라마다 비현실적인 장면이 화면을 통해 계속 흘러나왔다.

*각 세대 여러분 안녕하십니까. 체온 검사를 실시하
겠습니다. 창문을 열어주세요!*

*거기, 할머니! 마스크 없이 밖으로 나오시면 안 됩
니다. 빨리 댁으로 돌아가셔서 손을 씻으세요!*

중국 정부에서 띄운 드론에서 흘러나오는 남자 목소
리의 기계 음성은 괴기스러웠다. 당황한 할머니는 텅 빈
거리에서 비닐봉지를 흔들며 도망치듯 빠르게 걸었고,
드론은 마스크를 쓰지 않은 할머니를 계속 쫓아갔다. 자
본주의와 대척에 서 있는 중국이라는 나라에서 최첨단
장비인 드론은 그렇게 소비되고 있었다. 코로나 시대에
익숙한 체온 검사와 소독약 살포, 그리고 물건 배달도 척
척 해내는 드론은 너무나도 첨단의 길을 걷고 있었다.

영역들

코로나 확진자는 걷잡을 수 없이 계속 늘어났다. 공공
장소에서 누군가 기침을 해도, 누군가 마스크를 벗기만
해도, 크게 떠들기만 해도 공포가 나를 둘러업고 어딘가

로 달려갔다. 그곳은 알 수 없는 병들이 우글거리는 도시의 변두리이기도 하고, 쥐들이 출몰하는 폐허의 모퉁이이기도 했다. 거리의 희미해진 불빛처럼 사람들이 점점 사라지고 있었다.

코로나로 인해 어쩔 수 없이 산업이 멈추니 하늘은 맑아졌고, 사람들이 떠난 자리로 동물들이 내려오기 시작했다는 세계 여러 나라의 소식이 들려왔다. 롭부리에서는 원숭이가, 산티아고에서는 푸마가, 보고타에서는 야생 여우가 도시에 출몰했다. 웨일스의 어느 맥도널드에선 양떼가 햄버거를 주문하고 놀이터에서 신나는 뺑뺑이 놀이를 하고 있었다. 제자리로 돌아오는 놀이였다. 무분별한 개발로 동물들의 영역까지 밀고 들어가 살고 있는 우리에게 제자리로 돌아오라는 양들의 전언은 아닌지. 빼앗긴 땅을 되찾겠다는 듯이 자기 영역으로 내려오는 동물들에게 우리는 오래된 침입자, 점령자일 것이다.

매일 밤마다 그 삼색 고양이가 밥을 달라고 부르는 것 같아서 나는 사료를 들고 거리로 나갔다. 길에서 만난 고양이들의 눈빛은 왠지 떠도는 영혼들의 눈빛 같아서 외면할 수가 없었다. 코로나로 인해 사람들의 삶이 어려워진 만큼 길고양이들도 양식을 구하기가 어려워졌다.

처음엔 쥐인 줄 알았어요! 신라의 달밤 주점 사장은 어느 날 쓰레기봉투를 뒤지는 삼색 새끼 고양이를 발견하고는 가끔 밥을 주었다고 했다. 미미라는 이름도 붙여주었는데, 손님들도 미미를 좋아해서 장사가 잘되었다고 했다. 미미는 그 골목의 명물이 되어갔다. 화로숯불갈비 가게와 신라의 달밤 주점 가운데에 있는 주차장 컨테이너 박스 밑에 있다가 내가 나타나면 쏜살같이 뛰어나왔다. 가게 앞에 앉아 있다가 손님들이 지나가면 먹을 것을 달라고 애교를 부렸는데, 특히 젊은 여자들의 치마를 붙잡고 야옹야옹하면 모두 편의점으로 달려가 간식을 사들고 왔다. 하지만 밤이 되면 미미는 수고양이들에게 둘러싸여 온몸으로 공포를 견뎌야만 했다. 고양이들에게도 성폭력이 있다는 말을 어느 시인에게서 들었다. 고양이들도 서로 사랑하면 고통스럽게 비명을 지르지는 않는다고.

꽃샘추위가 막바지로 치닫던 어느 날 미미의 배가 유난히 볼록해 보였다. 7개월이나 되었을까 말까 한 아직 어린 고양이. 인간 나이로 치면 열두 살인데 임신이었다. 곧 배 속에서 꼬물거리던 새끼들이 위험한 세상 밖으로 나올 것이었다.

그 후 한 달 정도 되었을까. 미미가 밥을 먹으러 오기를 기다렸는데, 죽은 새끼 한 마리를 입에 물고 나타났다. 축 늘어진 새끼 고양이를 미미는 몇 날 며칠 인형처럼 물고 다녔다. 그러던 어느 일요일 아침, 화로숯불갈비 가게 테라스 선반 아래에서 미미는 새끼와 함께 평화롭게 누워 있었다. 미미의 새끼는 살아 있는 기척은 전혀 느낄 수 없는 회색의 죽음 덩어리였다. 미미는 새끼가 죽었다는 것을 인정하지 못하는 것 같았다. 자리를 잠깐 비운 사이에 죽은 새끼는 어디론가 사라졌다.

이태원 클럽을 방문한 인천 강사의 거짓말로 전국이 떠들썩하던 어느 여름날이었다. 나는 여전히 사료를 들고 미미를 보러 나갔는데 걸음이 이상했고 배가 다시 볼록했다. 새끼를 낳은 지 얼마 지나지도 않았는데, 또 임신이었다.

며칠 후, 사료를 주고 있는 내 등 뒤쪽에서 누군가 거칠게 다가오는 소리가 들렸다. 나는 심장에서 괘종시계가 울리는 것처럼 긴장이 되었다. 여기다 밥 좀 주지 마세요! 길고양이들이 너무 많이 오잖아요! 화로숯불갈비 가게 주차장 옆 창고에서 한 아주머니가 나오면서 말했다.

나는 왜요? 여긴 원래 고양이들 영역인데요! 그리고 임신했다고요! 하고 말하고 싶었지만, 입 밖으로 한마디도 뱉지 못한 채 그냥 돌아섰다. 다음 날부터는 가끔 밥을 같이 주던 홍예문 매운갈비찜 가게 앞으로 미미를 유인했지만 위태롭기는 마찬가지였다.

길고양이들도 코로나에 걸렸다는 해외 뉴스가 있었지만, 나는 길고양이를 멀리하지 않았다. 사회적 거리두기로 사람들도 예전처럼 만날 수 없기에, 길고양이와의 소통은 위안이 되어갔다.

어제는 여름, 오늘은 겨울

코로나로 중단되었던 동네의 복합문화공간 누들플랫폼 공사가 다시 시작되었다. 미미의 배는 점점 더 불러왔다. 어느 날 밤에 쓰레기를 버리러 나왔다가 미미가 그 건물 안으로 급히 사라지는 것을 보았다. 그 뒤로 일주일이 지났는데도 미미가 보이지 않아서 공사장으로 직접 찾아갔다. 공사가 진행 중이라 외부인은 출입이 금지되었지만, 관리자에게 사정해서 간신히 출입 허가를 받았다.

하지만 지하부터 3층까지 구석구석 다 뒤져도 미미는 보이지 않았다.

며칠 후, 눈도 뜨지 못한 미미의 새끼들이 공사장에서 극적으로 구조되었다. 붙박이 의자 아래쪽 구멍 깊숙한 곳에다 새끼를 낳았는데, 구멍을 막는 작업을 하기 전에 새끼 울음소리가 새어 나왔던 것이다. 다행히 여섯 마리의 새끼들은 미미와 함께 홍예문 매운갈비찜 가게로 입양이 되었다.

미미가 낳은 새끼 고양이들의 벌린 입을 떠올릴 때마다 나는 용의 목구멍, 호랑이의 입이 생각났다. 어떻게 하면 거대한 용의 목구멍으로 들어가서 호랑이 입을 꺼내 올 수 있을까. 그런 생각을 하면서 무지개문을 향해 걸어가는데, 문 닫은 중국집 앞, 시멘트 안에 갇힌 고양이 발자국이 보였다. 다섯 개의 점으로 뭉친 발자국 하나하나가 호랑이 발자국처럼 점점 크게 보였다. 나는 고양이 발자국을 하나씩 꺼냈다. 마치 용이 목구멍에서 고양 잇과인 호랑이 입을 꺼내기라도 한 것처럼, 그 안에 갇힌 고양이의 울음을 하나하나 꺼내어 내 마음의 별자리 위로 옮겨놓았다. 그 울음들을 맑게 닦아 무지개문 위에 걸어놓았다. 고양이들의 눈망울 안에 비친 내 눈도 맑게 닦

왔다. 入龍喉出虎口! 나에게 새로운 눈은 이것인가.

가을로 접어들자 기후위기 비상행동에서는 '지금 당장 실천하라!'고 '신발 시위'를 했다. 수많은 과거와 미래의 발자국을 품고 있는 신발들은 자본주의의 탐욕을 멈추고 생태적 삶으로 전환하라며 우리들을 향해 시위했다.

어느 하늘에선가 시멘트 눈이 내리고, 산불들은 도처에서 일어나고, 돌고래들은 플라스틱을 토하며 죽어가고 있다. 펭귄, 물범, 고래들의 식량인 크릴새우까지 대량으로 포획하여 건강식품으로 만드는 우리들에게 코로나는 지구가 보내는 최후의 경고일지도 모른다. 생명이 있는 모든 것은 서로가 서로의 일부이다. 길고양이들도 자연의 일부이자 우리의 일부이므로 공생해야만 한다.

지금은 내가 걸어왔던 발자국을 꺼내보는 시간.

새로운 눈으로 거울을 들여다보는 시간.

어제는 여름인데 오늘은 겨울을 살아야 하는 나는 다시 어제와는 다른 시계를 차고, 안개가 자욱한 홍예문을 천천히 걷는다. 무지개 없이도 무지개문을 지나간다. 입이 다 지워진 얼굴로 사람들과는 여전히 반대 방향으로.

2020-1학기 코로나 다이어리

해이수

2000년 『현대문학』으로 등단했다. 심훈문학상, 한무숙문학상, 오늘의
젊은예술가상 등을 수상했다. 소설집 『캥거루가 있는 사막』, 『젤리피
쉬』, 『엔드 바 텐드』, 장편소설 『눈의 경전』, 『십번기＋番棋』, 『탑의 시간』
등이 있다.

동영상

2020년 1학기에 문예창작과 신입생을 대상으로 하는 '문학의 이해' 강의를 맡았다. 2월 중순 신임 교원 임명장을 받고 행해진 첫 강의는 동영상으로 제작되었다. 대구 신천지 집단감염 이후 코로나 확진자가 늘면서 3월 2일로 예정된 개강은 2주 늦춰졌다. 학생들의 출결은 영상 강의를 보고 남긴 댓글로 확인했다. 정해진 시간 안에 댓글을 달면 출석, 늦게 달면 지각, 안 달면 결석이었다.

그날부터 얼굴도 모르는 1학년생 50명을 대상으로 동영상과 댓글을 통한 강의가 기말까지 이어졌다. 학생들은 교재의 요약 노트를 사진 찍어 올리기도 하고, 새로 출간된 시집 중에서 본인이 선택한 시를 올리기도 하고,

읽고 싶은 희곡 제목을 세 개씩 댓글로 달기도 했다.

온라인 강의인데도 학교의 우려와 달리 신입생들은 이탈자가 한 명도 없었다. 매주 출석률과 과제물 제출률이 평균 98퍼센트에 가까웠다. 과거 오프라인 1학년 강의에 비하면 놀라운 수치였다. 강의실에서 엎드려 자는 게으름뱅이도 없고, 병원 진단서를 상습적으로 제출하는 허약 체질도 없었다. 과제를 집에 놓고 오는 핑계쟁이나 종료 전 강의실에 들어와 지각 처리를 요구하는 몰염치도 없었다. 댓글과 등재 시간은 교수자와 수용자 간에 감정이 끼어들 틈이 없는 투명한 세계였다. 50명의 댓글에 피드백을 달면서 출석 확인을 마치면 한 시간 반이 쉬이 지나갔다.

출석 확인도 그렇지만 온라인 강의는 제작 시간이 상당히 소요됐다. 거칠게 표현하면, 오프라인에서는 3학점짜리 강의에서 어떡하든 두 시간 반을 채우고 나오면 끝이었다. 학생들이 지루해하면 슬쩍 농담도 끼워 넣고 중심 맥락에서 살짝 멀어지는 얘기를 하는 것도 가능했다. 텍스트 읽는 시간을 주기도 하고 함께 영화를 보기도 하고 그룹 토론을 하기도 했다. 그런데 쌍방향이 차단된 동영상 강의는 그런 자투리와 여유를 허용하지 않았다. 기록이 남기 때문에 저작권 문제도 무시하지 못할 부분이었다.

개인적으로 한 시간 이십 분 이상의 동영상을 제작하려면 대략 40면 내외의 PPT 슬라이드가 필요했다. '문학의 이해' 같은 수업은 정의와 개념 제시가 명확해야 하고 많은 이론가와 학설이 등장하기 때문에 핵심이 정리된 슬라이드를 만드는 데에만 적잖은 시간이 들어갔다. 이미지를 삽입하고 디자인을 고려하면 마우스를 쥔 손목이 시큰거렸다.

녹화 중 말실수를 줄이기 위해 대본을 짜고, 슬라이드에 음성과 화면을 입히고, 완성 파일을 처음부터 끝까지 확인하고, 마음에 들지 않는 부분을 재녹화하면 열 시간이 훌쩍 넘어갔다. 전에는 학생들의 눈과 표정을 보며 강의를 했는데, 이제는 내 얼굴과 목소리를 계속 보고 또 살폈다. 이렇게 만들어진 '한 시간 이십 분 분량의 나'를 '동영상 내보내기'를 눌러 파일로 변환할 때면 목이 칼칼하고 얼굴이 붉게 상기되었다.

MP4 파일로 전환된 동영상을 학과 조교에게 보내면 유튜브 게시용 변환 작업을 거친 링크가 날아왔다. 링크를 게시판에 공지하면 조회수가 나왔는데, 그 숫자는 생각만큼 잘 올라가지 않았다. 설령 클릭했다 하더라도 학생들이 끝까지 봤는지, 틀어놓고 딴짓을 했는지는 미지수였다. 댓글은 진위 여부를 분별키 어려운 가면의 세계였다.

팬데믹 이전에는 세 시간 강의가 끝나면 쉬거나 다른 일을 할 수 있었다. 그런데 코로나 시기의 비대면 강의는 묘한 긴장을 끝없이 요구했다. 금요일 아침에 눈을 뜨면 월요일 오후에 올릴 동영상이 걱정되었다. 상대를 모른 채 단춧구멍만 한 렌즈를 바라보며 한 시간 반씩 혼자 떠드는 일은 신경을 갉아먹었다. 세 과목을 맡았기 때문에 매주 세 번씩 한 시간 반짜리 모노드라마를 직접 기획·각본·감독·제작·주연 하는 셈이었다.

단과대학마다 한두 분의 교직원들을 제외하고는 출입이 끊겼다. 왕래를 피할 수 없는 건물 현관에는 전자 체온계와 QR 채록기가 설치됐다. 학생들이 없는 캠퍼스는 새들이 떠나간 텅 빈 둥지 같았다. 즐겁던 지저귐과 날갯짓이 사라진 싸늘한 공간. 노티스notice와 테이프로 봉쇄된 도서관 앞에는 봄꽃이 무섭도록 화려하게 피었다.

4월 중순 강사 한 분이 심장마비로 돌아가셨다. 시인, 평론가, 화가로 활발히 활동하고 사회운동의 실천적 역량도 뛰어난 사람이었다. 시집 한 권을 내고 요절한 시인의 문학관을 만드는 일에 열과 성을 기울인 것으로 유명했다.

그녀는 한 시간 삼십 분 분량의 동영상 강의를 두 개로 나누어 학과 조교에게 메일로 전달하고 잠들었다가 영원히 깨어나지 못했다. 안성의 성 요셉 병원에 문상을 가서야 평소 심장이 좋지 않았다는 말을 그녀의 남편에게서 들었다. 최근에 답답증이 심해져서 다음 날 아침 일찍 병원에 가려고 예약까지 한 상태였다. 시로 등단했으나 한 권의 시집도 출간하지 못한 시인을 마음으로 위로했다. 그녀의 유언장은 따로 없었다. 다만 유언처럼 동영상이 남았을 뿐이었다.

언택트

팬데믹 상황에도 학교는 일주일에 서너 번씩 꼭 갔다. 반드시 나쁜 것만 있는 건 아니었다. 전철의 객차가 한산해지니 물건을 팔거나 구걸을 하는 사람들이 보이지 않았다. '예수 천국 불신 지옥'을 외치거나 정치 구호를 외치는 부류들도 사라졌다. 전화기를 들고 큰 소리로 통화하는 무뢰한이나 인사불성으로 눕는 취객들도 눈에 띄지 않았다.

점심은 도시락을 싸지 않은 날에는 사발면 혹은 샌드위치를 먹었다. 학교 식당은 문을 닫은 지 오래였다. 학생들이 학교에 오지 않아서 인근 식당들도 문을 닫았다. 밥을 먹을 곳도 없고 마스크를 벗는 식당에서는 마음 놓고 밥을 먹을 수 없었다. 공동으로 젓가락질을 해야 하는 반찬으로 손을 뻗는 일조차 머뭇거려졌다.

대학의 같은 동아리 출신인 K 선배에게서 전화가 온 건 그런 날의 저물녘이었다. 오랜만에 안부를 나누며 우리는 코로나 상황이 불러온 일상의 변화에 대해 얘기했다. 마스크를 깜빡하고 가지고 나오지 않아서 여러 번 집으로 되돌아간 일화라든지 엘리베이터의 버튼을 손가락으로 누르지 않은 지 오래됐다는 얘기들이었다. 대화 중에 '손 씻기, 사회적 거리, 집단감염, 동선 파악과 공개, 확진자, QR 코드, 자가격리, 록다운, 집콕, 긴급재난 안전문자, 대응 단계, 소독제, 방역' 등의 어휘가 오르내렸다.

K 선배의 요지는 술자리를 만들어서 한번 보자는 것이었다. 아무도 만나지 못하니 좀이 쑤셔서 견딜 수 없다는 내용이었다. 지난 10년간 선배가 이런 전화를 하면 나

는 달갑지는 않아도 후배 몇 명에게 연락을 해서 술자리를 만들곤 했다.

K 선배는 술자리는 좋아하지만 술값 내는 것을 유독 싫어했다. 자기 집도 있고 명성도 있고 수입이 우리 중에서는 월등하게 나은데도 술자리에서 술값을 내면 대우를 받지 못했다고 여기는 부류였다. 가령 그의 책이 출간되어 몇몇 후배들이 모이면 우리는 축하의 뜻으로 그를 대접했다. 그런데 우리가 책을 내거나 좋은 일이 생기면 당연히 우리가 그 자리를 책임지는 식이었다.

음식점에서나 술자리가 파할 무렵이면 좀처럼 열리지 않는 그의 지갑에 대해 생각하다가 나는 끝내 그 긴장을 이기지 못하고 계산을 하러 갔다. 인간의 도리를 말하고, 문학의 정도를 가르치고, 자연의 이치와 신의 섭리에 대해 설파하다가도 계산할 시점이 되면 유독 모르쇠로 돌변하는 그를 이해하기 어려웠다. 선배는 대학 시절 가장 술을 많이 사준 사람이 바로 나라는, 거의 30년 전의 희미한 얘기를 어디서든 자랑스럽게 꺼냈다.

나는 선배에게 코로나가 조금 누그러지거든 만나자며 의견을 조율했다. 다행스럽게도 이 질병은 만나기 꺼려지는 사람을 만나지 않을 수 있는 핑계가 되었다. 이런 환경이 되고 나서야 그동안 우리는 얼마나 불편하고 원치 않는 자리에 많이 불려 나갔는지 새삼 알게 되었다. "No!"를 못 하면 여지없이 자기 살을 깎아 먹는 수밖에 없었다. 만나고 싶은 사람만 만나면 행복하겠지만 현실의 삶에서 이는 불가능한 일이다. 그렇지만 지금은 관계를 차단해야만 관계 유지가 가능한 사회가 되었다. 차단된 관계에서 발견한 뜻밖의 소득은 '타인으로부터의 자유'였다.

선배는 전화 말미에 지금 창궐하는 역병의 경험이 소설이 되려면, 2년에서 3년이 걸린다고 했다. 그러면서 그는 여러 대유행병과 이를 소재로 한 여러 작품들을 예로 들었다. 글을 쓴 지 30년이 넘는 그의 연륜에서 나온 의견이니 고개를 끄덕일 만했다. 그동안 우리가 익숙하게 봐온 체험의 서사라면 그 말이 그리 틀리지 않을 것이다. 그러나 이제는 환경이 달라진 만큼 달라진 차원의 감각과 사유와 언어가 필요하지 않을까. 이제는 과거에 보고 겪은 것을 쓰는 체험의 서사보다는 축적된 정보를 바탕으로 예측해서 쓰는 예언의 서사로 눈길을 돌려야 하지 않을까.

K 선배와 인사를 나누는 중에 학과 카페 공지에 댓글이 올라왔다. 대면 강의를 시행할 경우 참여 의사를 묻는

설문지에 달린 한 학생의 반문이었다.

"대면 수업을 반드시 해야 하나요?"

그 조사는 학생들이 압도적인 수치로 비대면을 선호한다는 것으로 결론이 났다. 불현듯 나는 유언장처럼 남은 강사의 동영상이 떠올랐다. 이어서 담당 강사가 지상에서 사라지고 남은 동영상으로 수업을 한 수강생들은 어땠을까, 하는 의문이 들었다. 어쩌면 진도를 나가고 과제물을 지시할 동영상만 있다면, 더욱이 학점만 잘 나온다면 몇 명의 교강사가 대체되든 수강생들은 관심이 없을지도 몰랐다. 꿈같고 홀로그램 같은 이 세상에서 가르치는 자는 그 누구도 동영상 링크 몇 줄로 남는다는 걸 부인하기 어렵게 됐다. 유언처럼 남긴 동영상에 어떤 댓글이 달렸을지 궁금했다.

최재봉

바이러스는 힘이 세다

최재봉

1988년 한겨레신문사 공채 1기로 입사해 사회부와 국제부를 거쳐 1992년 9월부터 문학 담당 기자를 맡고 있다. 문화부장을 역임했다. 저서로 『역사와 만나는 문학 기행』, 『거울나라의 작가들』, 『그 작가 그 공간』, 번역서 『에드거 스노 자서전』, 『악평: 퇴짜맞은 명저들』, 『프로이트의 카우치, 스콧의 엉덩이, 브론테의 무덤』 등이 있다.

해마다 이른 봄이면 동무들과 작당해서 남쪽으로 내려가는 것을 연중행사 삼아온 지 제법 오래되었다. 목적지는 주로 섬진강변 하동과 구례였고, 해남이나 통영 등지로 행선지를 바꾼 적도 있었다. '따뜻한 남쪽 나라'에 먼저 피는 매화며 산수유 같은 봄꽃들을 영접하는 것이 가장 큰 목적이었다. 두어 주만 기다리면 서울에서도 같은 꽃들을 볼 수 있는데도 기를 쓰고 내려가는 것은 무슨 간절함 또는 어리석음이었을까. 어쨌든 그렇게 이른 봄 행사를 치르고 나면 다시 한 해를 씩씩하게 살아갈 힘을 얻는 느낌이었다.

올해도 행선지를 하동과 구례로 정하고 숙소며 교통편도 미리 챙겨놓았다고 했다. 제주에서 바다를 건너 올라오는 봄꽃 개화 소식에 눈과 귀를 열어놓은 채 설레는 마음으로 하루하루 날짜를 세어나갔다.

그러나, 결국 포기해야 했다. 짐작하다시피 코로나 때문이었다. 계획을 세우고 준비하던 2월 중순 무렵만 해도 코로나 사태는 이웃나라 중국에서나 심각했지 우리와는 무관한 일인 줄 알았다. 그러나 한국에서도 야금야금 확진자 숫자가 늘더니 결국 봄꽃 여행의 발목을 잡기에 이른 것이다. 아쉽고 분했지만, 어쩔 도리가 없었다. 바이러스는 힘이 셌다.

'봄꽃 여행 미수 사건'은 시작에 불과했다. 계절성 독감처럼 잠깐이면 지나가지 않을까 했던 기대는 보기 좋게 빗나갔다. 코로나19가 초래한 변화와 불편은 예상을 훌쩍 뛰어넘었다. 마스크를 사기 위해 약국 앞에 줄을 서서 기다려야 했고, 아수나 포옹 같은 스킨십은 좋았던 시절의 추억으로 마음속에나 간직해야 하게 되었다. 뷔페에 갔을 때처럼 집에서도 식구들이 각자 너른 접시에 반찬을 나눠 담아 먹었다. 해외 여행은 엄두도 내지 못할 일이 되었다. 좋은 공기를 마시고자 산에 오르면서도 마스크로 입과 코를 답답하게 가려야 할 줄은 꿈에도 생각하지 못했다.

동무들과 일없이 어울려 웃고 떠들던 술자리도, 존경

하는 어른과 선배를 모시고 귀한 말씀을 듣는 자리도 좀처럼 만들지 못했다. 성가시다는 느낌이 들 정도로 빈번했던 신작 출간 기자간담회가 그리울 지경이었다. 온라인 기자간담회와 비대면 회의 같은 새로운 방식에 익숙해져야 했다. 한국계 미국 시인 에밀리 정민 윤은 '일본군 위안부' 문제 등을 다룬 시집『우리 종족의 특별한 잔인함』한국어판 출간 기자간담회를 온라인으로 진행했다. 미국에 살던 시인은 기자간담회를 위해 일단 한국으로 들어오긴 했는데, 8·15에 맞추어 간담회를 여느라 자가격리 중이던 자택에서 컴퓨터 카메라를 마주했고, 프레스센터에 모인 기자들은 화면으로 시인을 만나야 했다. 안도현 신작 시집 간담회는 유튜브 생중계와 기자들의 문자 질문 방식으로 열렸고, 윤흥길 선생의 박경리문학상 수상 간담회는 줌 회의 방식으로 진행됐다.

개인적으로 관여하는 이런저런 기관의 회의와 심사 역시 대면 회의와 심사가 아닌 줌 회의 및 심사로 대체되었다. 특히 안타까웠던 것은 내가 운영위원으로 참여하고 있는 이호철통일로문학상의 경우였다. 올해 제4회 수상자로 세계적 명성을 지닌 인도 작가 아룬다티 로이가 선정되었다. 첫 소설『작은 것들의 신』(1997)으로 영문학권 최고 권위의 문학상인 부커상을 수상하며 일약 세계문학의 신데렐라로 떠오른 그는 그 뒤로는 소설보다는 논픽션에 더 주력해왔다. 인도 내의 계급 및 종교 차별과 환경 파괴, 세계 자본주의의 광기 어린 질주에 비판적인 목소리를 내온 그는 오늘날 세계적으로도 가장 투쟁적인 작가 중 한 사람으로 꼽힌다. 그가 첫 소설을 출간한 뒤 20년 만에 발표한 두 번째 소설 『지복의 성자』 역시 전작 못지않은 문제의식과 미학적 완성도로 높은 평가를 받았으며 올 초에는 한국어로도 번역 출간되었다.

아룬다티 로이가 시상식에 맞추어 한국에 온다면 그것은 단지 특정 문학상 시상식 참여 수준을 뛰어넘어 엄청난 화제와 반향을 불러일으킬 것이었다. 사전에 수상 사실을 통보하면서 한국에서 열리는 시상식과 기자회견 등 부대 행사에 참여하겠다는 의향을 확인했음에도 결국 로이의 연내 한국 입국은 이루어지지 않았다. 역시 코로나 때문이었다. 상에 관여한 이들의 아쉬움이 클 수밖에 없었다. 불가피하게 로이 역시 인도 현지에서 온라인으로 한국 기자들과 회견을 하기로 했고, 공식 시상식은 코로나19 사태가 진정된다는 가정 아래 한 해 뒤인 2021년에 늦춰서 열기로 했다.

예정대로라면 여름의 끝자락인 8월 말쯤 홍성의 결성 향교에서 대면 강의를 할 예정이었는데, 코로나 때문에 일정이 늦춰지더니 결국 10월에 비대면 강의로 대체되었다. 이정록 시인의 안내로 향교에 갔더니 기와집과 단청, 편액 등과는 어울리지 않게(?) 카메라 여러 대와 모니터들이 비치되어 있었다. 향교가 아니라 방송국에 온 느낌이었다. 관계자 너덧 사람만 앞에 앉아 있는 가운데 피디처럼 보이는 분의 지시를 받아가며 카메라를 상대로 강의를 해야 했다. 수강생들은 밴드에 실시간으로 공유되는 영상을 통해 강의를 듣는다고 했다.

참가자들을 모집해서 경북 동해안으로 갈 예정이었던 9월 초순의 문학기행은 아예 취소되었다. 코로나 시국에 수십 명의 사람을 버스에 태워 나들이를 다녀온다는 게 어디 가당키나 하겠는가 말이다. 내 친구 하나는 청소년 용 교양 도서를 낸 뒤 전국의 도서관과 학교 등지를 다니며 강연을 하는 것으로 생활비의 상당 부분을 충당했는데, 코로나 때문에 대면 강의가 불가능해지면서 심각한 타격을 입었다고 했다. 코로나 사태가 장기화하면서 대면 강의가 온라인 강의로 전환되는 등 약간 회복되기는 했지만, 워낙에 사람들 앞에서 큰 제스처를 써가며 떠들

기를 좋아하는 친구로서는 강연료도 강연료지만 삶의 큰
낙 가운데 하나가 사라진 셈이어서 더 풀이 죽어 보였다.

광화문 태극기 부대 집회 뒤 코로나19가 걷잡을 수 없
게 재확산되며 사회적 거리두기가 1단계에서 2단계로
상향되었다. 내가 다니는 신문사에서도 강화된 방역 대
책에 맞추어 재택근무를 확대하기로 했다. 반드시 사무
실에 나와 해야 하는 일이 아니라면 가능한 한 집에 머무
르며 일을 하라는 것이었다. 내가 주로 하는 일은 문학 도
서를 읽고 서평 기사를 쓰는 것이라서, 굳이 사무실을 고
집할 까닭은 없었다. 문학면이 포함된 북 섹션에서 리뷰
할 책을 고르는 팀 회의가 있는 월요일 오후, 그리고 금
요일자 북 섹션을 제작하는 목요일 오후처럼 필수적으
로 사무실에 있어야 하는 시간을 제하고는 가능한 한 재
택근무로 돌렸다. 책들을 테이블 위에 펼쳐놓고 팀원들
이 둘러서서 토론을 하는 월요일 오후 회의 때에도 마스
크로 입과 코를 가린 위에 투명 얼굴 가리개를 덧쓴 채
회의에 임해야 했다. 휴대폰 사진으로 찍어놓은 그 모습
은 무언가 디스토피아적 미래의 느낌을 주는 것 같았다.
재택근무 때문에 집에 있는 시간이 길어지다 보니, 앞

으로 2년도 채 남지 않은 정년퇴직 이후의 삶을 연습하는 듯한 기분이 들기도 했다. 30년을 훌쩍 넘게 한 직장에서 근무했고, 문학 담당이라는 동일한 업무를 수행해온 것도 30년 가까이에 이르노라니, 이제는 좀 쉬고 싶다는 것이 솔직한 심정이었다. 그런데 막상 재택근무랍시고 집에만 틀어박혀서 외부 인사들은 물론이고 직장 동료들도 만나지 못하는 날들이 이어지자, 고립감과 무기력감이 심해지는 느낌이 들기도 했다. 나라는 인간이 원래는 내성적인 성격이었는데 성격에 안 어울리는 기자 일을 하느라 외향적인 쪽으로 많이 바뀐 탓인지, 아니면 제아무리 내성적인 사람일지라도 최소한의 인간관계와 교류는 필요한 때문인지, 어느 쪽인지는 모르겠다. 어쨌든 사회적 거리두기가 1단계로 하향 조정되기까지 한동안 재택근무를 해본 경험으로는, 정년퇴직 이후에도 집안에 틀어박혀 읽고 싶은 책이나 읽겠다는 막연한 '세컨드 라이프' 계획으로는 곤란하겠다는 결론이 나오는 것이었다.(물론 코로나 같은 위급 상황일수록 그 중요성이 높아지고 업무도 과중해지는 택배 및 배달 노동자들을 생각하면 이런 언사는 한가롭고 무책임한 노릇일 것이다.)

상하이에서 오래 사업을 하고 있는 친지 한 사람은 설에 맞추어 귀국했다가 코로나에 발이 묶여 발을 동동 굴러야 했다. 처음에는 중국 쪽 상황이 너무 안 좋아서 돌아가기를 꺼리더니, 중국 쪽 형편이 호전된 뒤에는 거꾸로 악화된 한국의 코로나 상황 때문에 중국 입국이 여의치 않게 되었다. 반년 넘게 사업체가 있는 상하이로 돌아가지 못하던 친지는 추석 즈음에야 특별 전세기 편으로 가까스로 귀환할 수 있었는데, 그곳에 들어간 뒤에도 한동안 호텔 독방에 자가격리된 채 감옥 아닌 감옥 생활을 하고서야 풀려날 수 있었다.

오래 적조했던 친구 하나는 어느 날 문득 전화를 해서는 자신이 코로나에 걸려 입원했다가 나왔다는 소식을 들려주었다. 다행히 중증은 아니어서 몸이 힘들지는 않았지만, 폐쇄된 공간에 혼자 있어야 하는 시간이 힘들었노라고 했다. 통화가 된 김에 오랜만에 얼굴을 보기로 했는데, 코로나 감염 걱정 때문에 사람이 많지 않은 곳에서 만나자며 평일 오후의 사직공원을 제안했다. 가보니 아닌 게 아니라 오가는 사람이 거의 없는 한적한 공간이었다. 친구는 코로나로 인한 입원 경험 때문에 젊은 시절에 고생했던 공황장애와 폐소공포증이 되살아났다고 했다.

죽음에 대해서도 심각하고 진지하게 생각해보는 시간이었노라고 말하는 표정이 사뭇 풀이 죽어 보였다. 평소 사람들을 폭넓게 만나고 이런저런 활동을 부지런히 하던 친구의 그런 모습을 보자 멀게만 느껴지던 코로나의 위협적인 실체를 조금은 엿본 느낌이었다.

코로나19 사태를 이해하기 위한 방편의 하나로 카뮈의 『페스트』를 다시 읽어보았다. 이 소설을 처음 읽었던 젊은 시절에는 소설 속 페스트를 군사독재정권의 상징으로 읽으며 흥분과 감동에 몸을 떨었던 기억이 있다. 페스트라는 사태를 가리켜 신의 섭리 운운하며 인간들의 속죄를 촉구하는 신부의 설교에 분노하고, 그에 맞서는 의사 리외 등의 싸움에 격하게 공감했다. 오랑시를 덮친 페스트와의 싸움은 80년대 군사독재를 상대로 한 민중의 투쟁을 작가가 앞서 그린 것이었다! 세월이 흘러 다시 읽어보니, 처음 읽었을 때에는 보지 못했거나 무심코 지나쳤던 것들이 새롭게 보였다. 대표적으로, 의사 리외는 페스트를 상대로 한 싸움의 최전선에 선 것 못지않게 그 싸움을 기록으로 남기는 인물이기도 하다. 『페스트』는 한 기록자가 오랑시를 습격한 역병의 위협과 그를 상대로 한 인간들의 투쟁, 그리고 최종적인 승리를 연대기적으로 서술한 것인데, 그 기록자의 정체가 다름 아닌 의사 리외라는 사실은 소설 말미에 가서야 비로소 드러난다. 리외가 어떻게 해서 페스트와 싸우는 투사인 동시에 그 싸움의 기록자가 되었는지를 소설에서는 이렇게 설명한다.

> 입 다물고 침묵하는 사람들의 무리에 속하지 않기 위하여, 페스트에 희생된 그 사람들에게 유리한 증언을 하기 위하여, 아니 적어도 그들에게 가해진 불의와 폭력에 대해 추억만이라도 남겨놓기 위하여, 그리고 재앙의 소용돌이 속에서 배운 것만이라도, 즉 인간에게는 경멸해야 할 것보다는 찬양해야 할 것이 더 많다는 사실만이라도 말해두기 위하여, 지금 여기서 끝맺으려고 하는 이야기를 글로 쓸 결심을 했다.*

이 문장은 문학의 본질과 역할에 대한 중요한 통찰을 담고 있다. 문학은 발언이며 증언이고 추억이라는 것, 인간의 존엄성과 가치에 대한 찬양이어야 한다는 생각이 그것이다. 『페스트』화자인 리외의 이런 생각은 카뮈 자신의 견해라 해도 틀리지 않을 것이다.

2020년 한 해를 달력에서 지워버리다시피 한 미증유의 코로나19 사태 역시 이 시대의 창작자들에게 많은 자극과 영감을 주었을 것이다. 앞으로 한국문학에서도 『페스트』에 필적할 시와 소설이 나타나기를 기대한다. 그 작품들은 당연히 『페스트』를 넘어서는 것이어야 할 것이다. 페스트나 코로나19로 대표되는 전염병의 대유행, 팬데믹이 인간이 지구에 초래한 생태 위기와 밀접하게 관련되어 있다는 사실에 대해서는 많은 공감대가 형성되어 있는 듯하다. 코로나19 사태를 겪으며 우리가 역설적으로 얻은 점이 있다면 생태 및 기후 위기와 인간의 생존이 무관하지 않다는 사실을 확인했다는 것이 아닐까. 앞으로의 문학은 페스트나 코로나19라는 눈앞의 질병을 물리치는 것뿐만 아니라, 그것들의 근본적 원인이라 할 생태 및 기후 위기에 맞서 싸워야 할 것이다. 그러할 때 2020년은 코로나19의 해인 것만이 아니라 인간 및 지구 갱생의 원년으로도 기록되지 않을까.

*　알베르 카뮈, 김화영 옮김, 『페스트』, 책세상, 1998.

고재종

홀로 넘는 시간들을 쓰다

고재종

1984년 『실천문학』으로 등단했다. 신동엽문학상, 『시와시학』 젊은시인상, 소월시문학상, 영랑시문학상 등을 수상했다. 시집으로 『바람부는 솔숲에 사랑은 머물고』, 『새벽 들』, 『사람의 등불』, 『날랜 사랑』, 『앞강도 야위는 이 그리움』, 『그때 휘파람새가 울었다』, 『쪽빛 문장』, 『꽃의 권력』, 『고요를 시청하다』와 육필 시선집 『방죽가에서 느릿느릿』이 있고, 시론집 『주옥시편』, 『시간의 말』과 산문집 『쌀밥의 힘』, 『사람의 길은 하늘에 닿는다』 등이 있다.

비어 있는 고향집을 수리해 책을 싸들고 들어온 지 15년, 이 자그마한 산방에 동료 문인들이나 함께 공부하는 사람들이 곧잘 드나들며 시와 차를 나누곤 했다. 한데 요새는 몇 날 며칠 어디서 전화 한 통 오지 않는 날들이 늘어난다. 평생 누구에게 특별히 호명을 받아본 적이 없이 살아왔지만 이제 이렇게 조용히 잊히는 게 아닐까 하는 생각이 들곤 한다. 한때는 곧잘 고립을 꿈꾸었고, 용기 있는 자만이 고독을 누린다며 괜한 소리를 하곤 했다. 이제 누가 시키지 않아도 자가격리된 날들은 그렇게도 원하던 대로 된, 말 그대로 불감청고소원不敢請固所願이 아닌가.

첫 시집을 낸 젊은 날 무척 힘들었을 때, 당시 출판사 대표였던 소설가 이문구 선생께서 친히 서신을 주셔서 "시들이 핍진하오. 고 시인. 엄동의 마당가에 나가보오.

살구나무의 살아 있는 가지는 실가지 하나라도 꺾이지 않고 삭풍을 후린다오."라고 한 기억이 난다. 한데 나뭇가지를 후리던 그 바람을 달래어선 이젠 뼈를 말리고, 박새나 까치들이 곧잘 찾아와 추녀 끝에서 울어도 마음은 그냥 그대로다. 다만 말을 잃어버리지 않기 위해서 일곱 마리나 되는 토방의 고양이들 이름을 일일이 부르고, 늘 줄에 묶인 풍산개는 괜히 건드려서 함께 먼지를 뒤집어쓰기도 한다.

어쩌면 매일매일 이어지는 무료한 날들의 반복이다. 늘 그것이 그것인 일상이 지루함을 부르기도 한다. 하지만 그런 일상을 늘 새롭게 본다는 것은 철이 들대로 든 나이에는 무척 힘이 든다. 자연스럽게 이어지는 상투성과 진부함, 혹은 만사를 원만함과 평안함으로 감싸는 힘을 설렘과 야동, 생명이 비야저 율동으로 전복한다는 것은 곧바로 행동과 실천을 요구하기 때문이다. 그만큼 힘이 들기에 질 들뢰즈가 "일상에서의 습관적 지각의 자동성을 지복至福으로 여겨야 한다."라고 했던 것일까.

사람은 늘 성성하게 깨어서 살 수만은 없다. 도회지 어떤 회사에선 직원들이 십오 분 달력을 만들어 책상에 놓고 십오 분마다 자기가 맡은 일의 성과를 점검한다고 한다. 이를 철학자 한병철은 "과잉사회증후군"이라고 말한다. 누가 시키지 않아도 생존경쟁에서 살아남기 위해, 아니 그 경쟁에서 최고가 되기 위해 자기와의 고독한 싸움을 하는 것이다. '할 수 있다'는 자기암시를 끝없이 해대며 '긍정의 과잉'이라는 신경증적 폭력을 자기에게 가하고 있는 셈이다. 누구 한 사람 혹은 몇 사람이 그런 것이 아니라 모두가 그런 시스템에 놓여 있다. 장 보드리야르는 "같은 것에 의존하여 사는 자는 같은 것으로 인해 죽는다."라고 말한다. 그는 "현존하는 모든 시스템의 비만 상태"를 지적하기도 했는데, 여기에서 하나가 오류가 생기면 다 같이 망한다는 것이다.

그렇게 과잉의 시간을 축조하여 일군 세계화의 태풍을 타고 오늘날 코로나 바이러스가 세계적인 유행의 네트워크를 형성해버렸다. 거기에다 도시의 밀집화 현상은 바이러스가 강철 대오의 스크럼을 짜는 데 지대한 공헌을 한 셈이다. 우리는 지금 이성과 과학기술의 광휘가 무력해지는 현장에 있는 것이다.

14세기 유럽에서 창궐한 페스트로 유럽 인구의 40퍼센트 이상이 희생당했다. 피부가 까맣게 썩어 들어간다고 흑사병이라 불렸던 이 병으로 인해 줄어든 인구가 회복되기까지는 무려 3세기가 걸렸다고 한다. 그런데 윤경용 페루산마티대 석좌교수의 글 「과학적 진리, 종교적 진리」에 의하면 "정체 모를 전염병에 대응할 방법이 없었던 당시, 흑사병 확산을 가속화했던 장본인 중 하나는 바로 교회였다. '인간이 죄를 지어 하느님이 형벌을 내린 것'이라며 교회에 모여 열심히 기도해야 병이 낫는다고 했다. 그런데 교회에 모여 기도한 사람들이 전염되어 줄줄이 죽어나갔다. 중국에서 발병한 코로나19는 14세기 흑사병보다 훨씬 더 빠른 속도로 확산되고 있다. 그런데 그 중심에도 교회가 있다."(『내일신문』, 2020. 3. 3.)라고 한다. 이성과 과학이 무력해지니 코로나를 '마귀의 짓'으로 규정하고 이를 '하나님의 징벌'이라고 하는 교회 리더들이 부지기수다. 설교를 들으면 병이 저절로 낫는다며 교회에 나오라고 강권하는 사람도 많다. 14세기 유럽의 대전염병 시대의 데자뷰를 보는 듯하다. 그들에겐 코로나 바이러스를 이기는 유일한 힘은 기도인 셈이다. 문명으로 단련된 듯한 인간의 마음이 바이러스 하나에 이토록 허약해질 수 있다는 것은 놀라운 일이다.

종교 지도자 이야기가 나오니, 이번에 『야생의 위로』라는 시집을 낸 목사 시인 고진하 선생이 생각난다. 그는 자본주의와는 반대쪽으로 홀로 걷는 도보 고행승인데, 얼마 전에 그야말로 오래 지탱해줄 것 같지 않은 고가를 한 채 장만했다. 그때 토지문학관 강의차 원주에 있는 선생의 집을 방문하여 한담을 나눈 적이 있다.

"생전 처음 샀다는 게 고막만 한 이 고가예요? 집이 세월을 되레 지탱해줄 것 같네. 이거 방도 비좁고 화장실도 밖에 따로 있으니 추운 강원도에서 어떡해요?"

"그래서 친구가 '不便堂'이라는 당호를 목각해서 걸어주었어. 비좁은 방은 나의 큰 육체쯤으로 생각하니 딱 맞춤이더라고."

그런 선생은 몇 년 전부터 잡초 음식을 개발하여 언론에 여러 번 소개되었다. 처음엔 경제적 수입이 그리 많지 않아서 마련한 삶의 대안이라고 생각했는데, 실은 평소의 생태주의적 생활 속에서 자연스럽게 만들게 된 음식인 것이다. 그 결과로 잡초 음식 책을 내서 보내왔기에 전화를 드렸다.

"근데 아무리 지구를 축내며 살고 싶지 않기로서니 들풀들을 뜯어다가 음식을 만든다며? 잡초 음식 책을 두

계속 사는 겁니다 · 219

권이나 내고요?"

"잡초 밥상을 누리는 건 사치야. 우리나라 어느 누가 이런 음식을 먹나? 쑥국, 명아주나물, 토끼풀튀김, 망개떡까지 안사람이 못 만드는 음식이 없지. 우리는 밖의 푸른 들판을 끌어다가 먹는 거야. 그런데 무서운 돌림병으로 내년의 식탁에도 들판을 올릴 수 있을까 걱정이네."

"밥 먹고 마당에 서서 별을 보면, 재난이 일상이 된 시절에 '딱 하루치 근심만 저녁밥에 비비라고' 한다며? 근데 요새도 목사 일, 아니 목회는 하는 거예요?

그는 사실 여전히 목사인데, 평생을 시골 교회로 돌아다니며, 평생을 일하고 나서 이제는 병들고 버려지다시피 한 노인들의 영혼을 돌봐오고 있다.

"교회 담임은 하지 않고 주일날만 목사 없는 시골 교회에 가서 피파 할머니들에게 당신들이 곧 하느님이라고 말해드리고 오지."

한데 최근 보내온 시집엔 선생의 소박한 일상이 담긴 '평상심시도平常心是道'의 시들이 생태주의 미학을 따르며 담담하게 표현되어 있어 마음이 흐뭇했다.

"이번에 나온 시집에 보면 방랑의 유전자를 섬겨 '붉은 모란의 고요한 순례'를 떠난다고 하던데요? 그런 순

례도 구도의 일종인가요?"

"내가 방랑승으로 떠돈 지도 꽤 오래됐지. 한데 요새는 코로나 때문에 어딜 맘대로 가질 못하니 철마다 주변에 피는 꽃 찾아다니는 것이지."

틈만 나면 바랑 하나 메고 인도든 어디든 푸른 영혼들이 공기 중에 미만해 있는 곳이라면 기어코 찾아가곤 하던 발걸음이 코로나에 묶이니 대안을 생각한 셈이다.

"생음악을 연주하는 소리의 집이 시라면서요?"

"나무와 새 말이야. 나무라는 푸른 혁명의 뇌관을 울음으로 팡팡 터뜨려줄 새! 그것이 시란 생각이 들었어."

"한데 그 손바닥만 한 불편당, 진짜 불편하지 않아요?"

"아, 지렁이, 질경이, 왕고들빼기며 때론 꽃뱀과 같이 농사짓고, 새와 구름과 달과 별을 벗 삼아 우주의 경이를 연주하는데 뭐가 불편해? 시골살이의 불편을 즐기고 불행도 즐기자고 마음먹으니 괜찮아."

"절대적 가난을 자발적 가난이라고 수식해주려 했더니, 아주 생득적 가난이군요. 돈 보따리 트럭으로 실어다 주어도 가난하게 살 팔자 같아요. 그래도 생일날 사모님 발을 씻겨 드리고 '우리 집 흔들리지 않게 하는 지축'이라며 '콩켸팥켸 우리 사랑해요'라고 고백해드리니까 사모님이 행복해하시던가요?"

그런 선생은 시인과 목사이기 전에 선승이고 선승이기 전에 '우주인宇宙人'이다.

이 어려운 시기에도 이미 자유자재하게 살아가는 고진하 선생 앞에만 서면 평생 직장을 다닌 바 없이 자본과 경쟁하지 않고 살아온 나 자신도 조금은 자랑스럽다는 생각이 들곤 한다. 코로나 바이러스가 아니더라도 나역시 젊은 날 농사를 짓던 고향집에 다시 돌아왔으니, 나라고 주장할 것도 없는 나를 꽃과 새와 나무에다 다 줘버리고 고요, 침묵, 적적이란 옷들을 입고 살 수밖에 없다. 그러니 거 뭐라던가, 몸에 기저질환이 서너 개는 된다 한들, 코로나 무서워서 출입을 못 할까. 다만 지난여름 태풍에 생채로 찢긴 석류 가지를 보곤 삶의 진정한 의미는 대답하기에 너무 끔찍한 얼굴이라고 한 니체의 말이 떠오른다. 또한 나뭇잎들은 어느 것 하나 다른 잎새를 가리지 않고 햇볕을 고루 쬔다는 것을 알아내곤, 예전 그리스 철학자처럼 맨몸으로 들판으로 뛰어나가 "유레카!" 하고 외치고 싶다. 새로운 것을 발견하는 기쁨인 것이다.

요새는 유일하게 밖에 나가던 이유인 강의를 오라는

데도 없다. 그러니 하루 종일 고독을 무기 삼아 기존부터 해온 경전들 공부에 더하여, 『벽암록』, 『무문관』, 『조주록』, 『임제어록』, 『마조어록』, 『선문염송』 등 여러 선어록까지 들여다본다. 다음은 『벽암록』 제40칙에 나오는 화두이다.

육긍대부가 남전선사와 대화를 나누면서 질문을 했다.

"승조법사는 '천지는 나와 한 뿌리이며 만물은 나와 한 몸(天地與我同根, 萬物與 我一體)'이라고 말했는데, 정말 훌륭한 말이지요?"

남전화상이 정원에 핀 꽃 한 송이를 가리키며 대부를 부르면서 말했다.

"요즘 사람들은 이 한 송이의 꽃을 마치 꿈을 꾼 것과 같이 보고 있소."

육긍은 당나라 때 관리였다. 그가 하루는 남전과 대화를 나누면서 "승조법사는 '천지는 나와 한 뿌리이며 만물은 나와 한 몸'이라고 말했는데, 정말 훌륭한 말이지요?" 하고 물었다. 승조법사는 후진 시대의 고승으로 어린 시절 노장을 탐독했다. 아마 그러했기에 서두에서 말한 『장자』 「제물론」 편의 "천지는 나와 생존을 같이하고 만물은 나와 한 몸이다(天地與我幷生 萬物與我爲一)."라는 문장을 읽었을 것이고, 이를 다시 육긍이 화두로 거론한 모양이다.

여기서 "천지는 나와 한 뿌리이며 만물은 나와 한 몸이다."라는 말은 모든 존재의 근본이 공空이라는 것과 모든 존재 곧 "만법萬法은 하나(一如)"라는 불교의 정신을 말한 것이다. 만법 곧 만물이 연기법에 의해 이루어진 것이기 때문에 애초에 자타와 주객, 천지라는 이분법은 있을 수 없고 한 몸일 수밖에 없다는 말이다.

우리가 쌀밥을 한 공기 먹기 위해서는 먼저 땅이 있어야 하고 볍씨가 있어야 하며, 거기에 농부의 손길과 땅을 갈 소와 쟁기가 필요하다. 아울러 물과 공기와 햇빛과 바람이 똑같이 필요하다. 그리고 그 쌀을 시장에 납품하는 유통업자가 있고, 마트에서 쌀을 파는 사람이 있으며, 집으로 쌀을 배달해주는 사람이 있다. 그런가 하면 마지막으로 그 쌀밥을 짓는 사람도 있어야 한다. 이런데도 만물이 하나가 아닌가.

육긍대부가 "만물이 하나라는 말은 참 좋지요." 하고 묻자 남전은 정원에 핀 꽃 한 송이를 가리키며 "육긍대부!
요즘 사람들은 이 한 송이의 꽃을 마치 꿈을 꾼 것과 같
이 보고 있소."라고 대답한다. 대답하고는 아마 한숨을
쉬며 먼 산을 보았을 것이다. 남전의 말은 '육긍대부의
말처럼 만물은 한 몸인데, 한 몸이라는 것이 너무도 분명
한 사실인데, 이 사실을 사실대로 보지 못하고, 만물과
하나되지 못하고, 사실이 아닌 꿈처럼 보고 있으니, 이것
이야말로 문제가 아니겠소?'라는 반문인 것이다.

마르셀 프루스트의 『잃어버린 시간을 찾아서』에 이런
구절이 나온다. "달걀노른자처럼 샛노랗게 반짝이는 꽃
들이 풀밭 위에서 혼자, 짝지어 혹은 무리 지어 놓고 있는
모습을 바라보면 다른 어떤 것도 쳐다보고 싶지 않다는
생각이 든다. 꽃들을 바라볼 때 드는 즐거움을 그들이 금
빛으로 물들인 지면에 차곡차곡 쌓다 보면 너무나 과한
아름다움까지 만들어낸다고 느껴질 정도로 그 느낌이
강렬해진다."
「스완네 집 쪽으로」장에 나오는 초원에 핀 꽃들을 향
한 찬가다. 특히 노란 앵초, 개양귀비, 제비꽃, 미나리아
재비 등 아주 작은 꽃들을 볼 때 느끼는 강렬한 아름다움

을 표현하고 있다. 마치 대승불교에서 이상적인 세계로 꿈꾸는 '화엄세계'가 아닐까 하는 생각이 들 정도다. 자기만의 빛깔과 향기의 자태로 모두 함께 어울리는 초원의 꽃밭이야말로 화엄의 비유로 맞춤한 것이다. 그런 꽃들의 세계처럼 진리를 있는 그대로 드러낸 우주 그 자체, 모든 현상이 함께 의존하여 일어나 서로가 서로를 받아들이고, 서로가 서로를 비추면서 끊임없이 흘러가는 장엄 세계가 화엄 아니던가.

지금 세기까지의 모더니즘의 기획은 이미 파탄하였다. 파탄의 이유는 간단하다. 모든 사물을 분석하고 판단하여 인본주의적 관념으로 지적 조작을 했기 때문이다. 있는 그대로의 자연, 있는 그대로의 세계보다는 이성이라는 분별지로 우열과 호오를 갈라 차별하고, 인간주의 입장에서 세상을 개조하려고 했기 때문이다. 그렇게 해서 이룬 세계화, 도시화가 코로나 바이러스 하나에 속수무책 아닌가. 우리는 위의 프루스트의 소설 문장 하나를 읽으며 모든 걸 다시 시작해야 할지도 모른다. 우리 곁의 작고 소중한 것들의 아름다움을 깨닫는 일에서부터 말이다.

"봄에는 백 송이 꽃, 가을에는 달. 여름에는 시원한 바람,

겨울에는 눈. 정신에 헛된 것이 달라붙지 않을 때, 이때가 인간에게 참 좋은 시간입니다." 선어록『무문관』에 나오는 게송이다. 버들은 푸르고 꽃은 붉은, 이 너무도 당연하지만 소중한 사실을 잊지 않을 때 사람들은 매사에 자기 삶의 본래적 의미를 느낄 것이다.

(방민호)

우리도 지금 페스트 시대를 살고 있다

방민호

1994년 『창작과비평』 제1회 신인평론상을 수상했다. 2012년 『문학의 오늘』에 「짜장면이 맞다」를 발표하며 소설 창작을 개시했다. 학술연구서로 『채만식과 근대문학의 구상』, 『한국 전후문학의 세대』, 『일제 말기 한국문학의 담론과 텍스트』, 『이상 문학의 방법론적 독해』, 『문학사의 비평적 탐구』, 『탈북 문학의 도전과 실험』 등이 있고, 장편소설 『연인 심청』, 소설집 『하루키에 답함』, 시집 『숨은 벽』 등이 있다. 세월호 참사를 다룬 『우리는 행복할 수 있을까』(공저), 북한 인권을 말하는 남북한 작가의 공동소설집 『국경을 넘는 그림자』(공저)를 기획, 공저로 참여했다.

정보들이 알려주는 바에 따르면 페스트는 무서운 질병이다. 기원전 430년에 벌써 그리스 아테네에 이 병이 출현해서 당시 아테네 인구의 4분의 1인 6만 명이 목숨을 잃었다고 한다. 일본 작가 오다 마코토에 따르면 이 아테네는 아주 컸을 때도 인구가 30만 정도였다니, 가히 충격적인 사태였을 것이다.

서기 542년에는 아라비아와 이집트에 이 병이 창궐했고 이것이 로마제국으로 번져 30여만 명이 사망했다고 하며, 페스트 공포로 널리 알려진 중세 1340년경에는 전 유럽을 휩쓸어 2000만 명 내지 3000만 명이 목숨을 잃었다고 한다. 이 희생은 당시 전 유럽 인구의 3분의 1 내지 5분의 1이었다고 한다.

페스트는 바다 건너 남의 일만은 아니었던 것이, 논문

들을 검색해보면 1910년대에도, 1920년대에도, 또 1933년 경인가에도 페스트는 만주에서 기승을 부렸다. 이광수 장편소설 『사랑』을 보면 병든 남편과 그의 '사생아', 시어머니와 함께 만주로 이주한 순옥은 유행병으로 모든 식구들을 잃어버리게 되는데, 이것은 아마도 페스트를 가리키는 것일 가능성이 높다.

알베르 카뮈, 그는 1913년에 세상에 나서 1960년에 세상을 떠났다. 한국 작가들을 생각하면 아주 단명했다고는 볼 수 없어도 길지 않은 인생이었다. 그러나 그는 이 짧은 인생 동안 세계문학사에 지울 수 없는 흔적을 남겼으니, 그것이 『이방인』과 더불어 『페스트』였으며, 또 『시시포스의 신화』였고, 철학적인 저술로서의 『이방인』이었다. 그는 1957년에 노벨문학상을 수상하기도 하였으니 이것은 불과 마흔네 살 때의 일, 1907년의 수상 작가 영국인 러디어드 키플링이 마흔두 살 나이로 이 상을 받은 것에 비견될 만한 일이다.

나는 이 카뮈에 대해 고등학교 3학년 때 가입한 독서 동아리 '독우회' 시절에 처음 접했을 뿐 오랫동안 이렇다 할 깊은 인상을 얻기 어려웠다. 지금 생각해보면 이는 그의 부조리 문학이 지닌 심오함을 고교생의 얕은 지성이 감당하기 어려웠기 때문이 아닐까 한다. 대학 시절에도 그의 『반항인』을 애써 읽으려 했으나 이 역시 감당하기 어려운 장벽 같은 글이었다. 이때는 이유가 달랐던 것으로 생각된다. 그때 이미 나는 헤겔에서 마르크스로 이행하고 있을 무렵, 실존주의냐, 마르크시즘이냐 하는 어떤 '기투'적 선택에 의해 카뮈는 나의 시야에서 멀리 떠나버렸다. 사르트르의 앙가주망 문학론 『문학이란 무엇인가』나 실존주의 교본 『존재와 무』 같은 저작을 접해도 1980년대 중후반의 지적 분위기는 완연히 사르트르 '좌파'에서 마르크시즘으로 가는 길로 향하고 있었다.

이제 1947년에 나온 이 알베르 카뮈의 『페스트』를 다시 읽는다. 아마도 올해 이 작품은 코로나19 '열풍'으로 말미암아 세계인의 독서 목록 윗자리에 다시 한 번 크게 올라섰을 것이다. 이 작품은 작중 화자가 미리 알려주고 있듯이 연대기적 서술법을 따르고 있고, "194×년 오랑"에서 발생한 페스트 참사를 이야기하고 있는 작품이다. 그럼 오랑이라는 곳은 어디인가 하면 알제리의 한 평범한 해안 도시로 나타나는데, 작가는 일부러 이 도시를 외부로부터 차단되기 쉬운 고절한 곳으로 설정해놓았다.

알베르 카뮈는 접근하기 쉽지 않은 작가다. 왜냐고 생

각하면 그 이유는 많겠지만, 무엇보다 알제리 대학 철학 박사이자 서구 근대소설뿐 아니라 그리스 고전과 신화에 깊은 지식을 가진 그의 소설 전개 양식을 따라가기 쉽지 않기 때문이다. 국내에서 이『페스트』를 번역한 김화영 교수가 말하기를, 카뮈는 미국 작가 허먼 멜빌의 신화적 사유에서 깊은 영향을 받았다고 하며, 또『페스트』의 맨 앞장에는『로빈슨 크루소』를 쓴 다니엘 디포의 문장이 인용되어 있기도 하다. 신화라는 것을 일종의 알레고리, 비유법적 문학의 양식이라 볼 수도 있을 텐데, 그렇다면 시대, 역사, 현실을 초월하여 인류사나 민족사에 대한 어떤 거시적인 안목을 투사한 이런 이야기를 어떻게 쉽게 읽어나갈 수 있을까. 우리는 지성사 앞에 만용을 부리거나 잘난 척할 수는 없다.

그렇다면 이『페스트』는 어떤 소설일까? 이 단순한 질문에 대한 가장 효율적인 답안은 그가 이 소설을 2차세계대전 중에 대독 저항운동을 벌이는 한편으로 오랜 시간에 걸쳐 여러 번 고쳐 썼다는 사실이다. 다시,『페스트』작품 해설에서 김화영 교수는 이렇게 말한다.

그러나 사실상『페스트』착상의 기폭제가 된 것

은 이듬해 9월에 터진 2차세계대전이라고 볼 수 있다. 『작가수첩』 1권은 이렇게 기록하고 있다. "전쟁이 터졌다. 전쟁이 어디에 있는가? 마땅히 믿어야 할 소식들과 마땅히 읽어야 할 벽보들 이외에 그 부조리한 사건의 징조들을 대체 어디서 발견할 수 있단 말인가? 푸른 바다 위의 저 푸른 하늘에도 없고 울어대는 매미 소리 속에도 없고 언덕 위의 실편백 나무들에도 없다." (……) 이 노트는 '전쟁'이 '페스트'로 바뀐 것 이외에는 고스란히 『페스트』의 1초고 속에서 타루의 '수첩' 내용에 편입되었으나 결정고에서 제외되었다. (……) 이처럼 작품의 첫 착상에서부터 페스트는 전쟁의 내면화 과정을 상징하기 위해 사용된 것이 분명하다.[*]

위의 인용에 등장하는 '타루'란 『페스트』 중에 나오는 한 인물의 이름이다. 이 소설은 오랑이라는 상징화된, 또는 알레고리적 의미를 부여받은 도시에 페스트가 창궐하면서 그 시민들이 어떻게 반응하고 행동하는가를 베르나르 리유라는 헌신적인 의사의 시선으로 기록해간 것이다. 이 소설의 화자가 이 의사임은 나중에 가서야 스스로에 의해 밝혀진다. 그는 작품의 서두에서 이렇게 쓴다. "어떤 한 도시를 아는 편리한 방법은 거기서 사람들이 어떻게 일하고 어떻게 사랑하며 어떻게 죽는가를 알아보는 것이다."

그러니까 이 소설은 '194x년' '오랑'이라는 한 고립된 도시에서 페스트의 유행이라는 초시간적 시공간 설정 속에서 이 치명적인 질병에 대처하는 사람들의 사고법, 행동 양식을 통하여 그가 직면해야 했던 2차세계대전이 프랑스를 비롯한 유럽 사람들에게 어떤 영향을 미쳤으며, 어떤 일들이 벌어졌고, 무엇을 남겼는가를 질문하고 있는 작품이라고 할 수 있다. 이 작품은 1947년에 발표되었는데, 이 또한 이 작품이 바로 직전에 있었던 전쟁에 대한 심오한 해석서였음을 알 수 있다. 이웃한 패전국 독일에서는 볼프강 보르헤르트가 『문밖에서』(1947)를 쓰고 하인리히 뵐이 『그리고 아무 말도 하지 않았다』(1953)를 쓸 때 카뮈는 덜 직접적이지만 훨씬 더 깊은 철학적 사색을 담은 『페스트』를 통하여 전쟁에 대한 성찰을 수행했던 것이다.

카뮈가 전쟁을 어떻게 대했는가 하는 문제는 나에게는 한국의 전후문학을 이해하는 문제와 직결되는 문제로 대두한 적이 있다. 그때 나는 이어령과 김수영의 이른바 '불온시 논쟁'이라는 것을 주제로 삼고 있었으며, 이 논쟁은 김수영이 세상을 떠나게 되는 1968년경에 이루어진 것이었다. 죽음은 종말인 것만은 아니고 권력인 것이기도 해서 이 논쟁은 늘 김수영 편에 서서 정리되는 듯한 인상이 강했기 때문에 나는 뭔가 더 공평한 이해가 필요하다고 생각하고 있었다.

김수영이냐, 이어령이냐 하는 문제를 다루고자 하니 당장 떠오른 것이 당대의 사상가들인 사르트르와 카뮈의 문제였다. 2차세계대전 중에는 저항운동을 하는, 레지스탕스 동지였고 실존주의 문학, 부조리 문학은 서로 통하는 면이 강하지만 그들의 관계는 그후 상당히 첨예한 것이 되었다. 그리고 그 초점의 하나가 바로 한국전쟁이었다. 프랑스에서 먼 동쪽 끝 한반도에서 북한과 남한 사이에 전쟁이 일어나자 프랑스에서는 이 전쟁이 유럽으로 확산될 경우 과연 어떤 태도를 취해야 하는가 하는 문제가 대두되지 않을 수 없었다. 지금도 그렇지만 당시 전쟁은 어느 한 대륙의 문제에 국한되지 않고 세계 전쟁의 양상을 띠지 않을 수 없었을 것이기 때문이다.

『사르트르와 카뮈―우정과 투쟁』의 저자 로널드 애런

슨에 따르면 사르트르와 카뮈는 한국전쟁으로 연결되는 미국과 소련 사이의 관계 악화에 직면하여 서로 다른 태도를 보이게 된다. 만약 이 전쟁의 불길이 유럽으로 향하여 소련이 프랑스를 공격하는 사태가 벌어지면 어떻게 할 것인가? 이 질문 앞에서 카뮈는, 자신은 독일이 프랑스를 점령했던 기간 동안 했던 일을 할 것이라고 했고, 사르트르는 이에 대해 자신은 결코 프롤레타리아와의 투쟁을 받아들이지 않을 것이라고 응수한다.

이 장면은 나에게 아주 의미심장해 보이는 것이, 이 논쟁을 통하여 두 사람은 거의 결별 수순을 밟게 되는데, 이는 한국전쟁에 대한 두 사람의 이해가 아주 상반된 것임을 시사하기 때문이다. 사르트르가 자신은 어떻든 간에 프롤레타리아와 투쟁하지는 않겠노라고 했을 때 그것은 소련을 노동자 국가, 즉 노동자를 비롯한 민중이 해방된 국가로 이해하고 있음을 의미하는 것이었다. 그러나 카뮈에게는 소련이 만약 프랑스를 침공한다면 소련은 침략 국가가 될 뿐이었고, 레지스탕스 저항운동을 또다시 벌여야 하는 것이었다.

이렇게 한국전쟁을 통하여 알베르 카뮈는 내 앞에 다시금 모습을 드러냈는데, 그러자 카뮈의 문학과 철학은 전혀 새로운 인상을 가지고 다가오는 것이었다.

흥미롭게도 오랑시에 페스트가 침습한 것은 4월 16일, 그러니까 한국에서는 2014년 세월호 참사가 났던 날과 같은 날에 시작된다. 그리고 어느날 갑작스럽게 쥐의 사체가 발견되는 것으로 시작되는 이 페스트의 침습은 마치 2020년의 코로나19처럼 4월 25일 하루 만에 쥐 사체 6231개를 수거하게 되고 28일에는 8000개를 수거하게 되는 등 기하급수적인 증가를 보이다 마침내 사람들에게 감염이 옮아가게 된다. 페스트로 인한 통증의 묘사는 마치 코로나19 감염을 겪은 사람들이 전하는 고통을 방불하게 한다. 아마도 그보다는 훨씬 더 심했겠지만 말이다.

리유는 환자가 상반신을 침대 밖으로 내민 채 한 손은 배에, 또 한 손은 목덜미에 대고 대단히 힘을 쓰면서 불그스름한 담즙을 오물통에 다 게우고 있는 것을 보았다.—체온이 39도 5부였고 목의 멍울과 사지가 부어올랐으며 옆구리에 거무스름한 반점 두 개가 번져 나오고 있었다.*

카뮈는 페스트의 증세를 다음과 같이 나열한다. "마비와 탈력 증세, 눈의 충혈, 입의 오염, 두통, 가래톳, 격심한 갈증, 정신착란, 전신에 돋는 반점, 내면적 갈등, 그리고 마침내는……" 그러나 내가 보기에 이것은 단순한 페스트의 증세가 아니다. 이것은 모든 전쟁 상태 속의 인간이 겪는 육체적, 심리적 고통을 상징한다.

이렇게 해서 시작된 오랑시의 재앙은 마치 전쟁처럼 사람들을 속수무책 상태에 빠뜨린다. 그러면서도 사람들은 이 재앙이 곧 물러갈 것이라는 섣부른 기대를 품는다.

사실 재앙이란 모두가 다 같이 겪는 것이지만 그것이 막상 우리의 머리 위에 떨어지면 여간해서는 믿기 어려운 것이 된다. 이 세상에는 전쟁만큼이나 많은 페스트가 있어 왔다. 그러면서도 페스트나 전쟁이나 마찬가지로 그것이 생겼을 때 사람들은 언제나 속수무책이었다. ─ 전쟁이 일어나면 사람들은 말한다. "오래가지는 않겠지. 너무나 어리석은 짓이야." 전쟁이라는 것은 필경 너무나 어리석은 짓임에 틀림이 없을 것이다. 그러나 그렇다고 해서 전쟁이 오래가지 않는다는 법도 없는 것이다. 어리석음은 언제나 악착같은 것이다.*

수많은 사람들이 감염되고 도시가 외부로부터 차단되고 사랑하는 사람들이 이별의 고통을 겪고 집에 유폐되고 식량 보급은 제한되고 휘발유는 배급제가 되는 변화 속에서 예외가 되는 사람은 없다. 전쟁은, 그러니까 페스트는 모든 사람을 하나의 운명 공동체로 밀어 넣는다. 마치 코로나19 대유행의 이 시대 사람들처럼, 오랑의 시민들은 서로를 가깝게 만들어주는 따뜻함을 절실히 원하면서도 서로를 멀어지게 만드는 경계심으로 인해 공동체의 공동체다움을 향유할 수 없다. '나' 자신도 모르게 그의 페스트에 감염될 수 있고 방심한 틈에 그의 병균이 옮을 수 있기 때문이다.

"나 혼자만 행복하다는 것은 부끄러운 일이지요." "오늘날에는 누구나가 어느 정도는 페스트 환자니까요." 같은 명문장들이 가슴을 파고든다.

우리가 지금 겪고 있는 코로나19 팬데믹 사태, 그리고 박두한 제3차 유행이라는 것은 『페스트』의 시민들이 하루하루 겪어가는 '전쟁'과도 같다. 『페스트』에서처럼 언젠가 이 사태는 갑작스러운 종막을 고할지도 모른다.

그러나 그때까지 우리가 어떻게 행동했는가, 서로 사랑했는가 하는 것은 두고두고 우리들 성찰의 대상이 되어 남지 않을 수 없다.

* 알베르 카뮈, 김화영 옮김, 『페스트』, 민음사, 2011.

유성호

'위드 코로나' 시대의 문학

유성호

1999년 『서울신문』 신춘문예에 문학평론으로 등단했다. 저서로 『근대의 심층과 한국 시의 미학』, 『서정의 건축술』, 『단정한 기억』 등이 있다.

1

코로나 사태로 빚어진 지구촌 전체의 재난이 인류의 삶을 근본에서부터 바꾸어가고 있는 듯이 보인다. 통째로 위기를 맞고 있는 그동안의 주류적 삶의 방식에 대한 대안적 실천이 요청되고 있는 것도 무리가 아닐 것이다. 이제 십만 관중이 운집하여 치르는 월드컵 결승전이나 수만 명이 동시에 출발선을 떠나는 마라톤 대회는 당분간 보기 어려울 것 같다. 오케스트라 공연장을 가득 채운 수많은 청중이나 한국 영화의 천만 관객도 어쩌면 2020년 이전의 신화로 사라질지 모른다. 물론 단기간에 어떤 대안 모형이 마련된다면 이러한 변화 양상이 스포츠나 공연 예술의 급격한 퇴조로 이어지지는 않을 것이다. 그 점에서 참여자 감소 문제는 팬데믹 사태가 불러온 변화 가운데 가장 비본질적인 것이라고 볼 수밖에 없다. 우리는 그보다는 훨씬 더 본질적인 변화가 예상되는 시점에 서 있기 때문이다.

그렇다면 우리가 겪고 있는 이 미증유의 감염병은 어떠한 형상과 의미로 한국문학에 수용될 수 있을까? 물론 문학의 소재나 작품을 읽어내는 독법에서도 적지 않은 변화가 찾아올 것이다. 이때 우리는 근원적 차원에서 증언과 묵시의 속성을 결속하면서, 근본주의적인 생태적 사유를 기저에 깔면서, 그동안 속도와 성장에 취해 벌려놓은 스스로의 과잉을 반성하면서, 자발적으로 가난해지면서, 작은 공동체를 중심으로 하는 태도를 가짐으로써 이러한 과제를 인류가 수행해가리라 기대해본다. 1990년대 힌때 유행 흐름을 띠었던 생태주의 문학은 새로운 인류사적 과제로서 재설정되면서 '포스트 코로나'가 아닌 '위드 코로나' 시대의 미학적 항체로 등장하게 될 것이고, 그 길만이 지금 시대를 넘어서는 최선의 문학적 출구 전략이 되지 않을까 조심스럽게 생각해본다. 그리고 우리는 그때 비로소 이 낯선 팬데믹 시대를 되돌아보는 성찰의 순간을 맞이할 것이다.

2

현대시의 생태적 사유와 실천은 핵과 전쟁, 기아 등 다양한 문제군과 함께 다가온 환경 위기의 징후로부터 발원하였다. 그 진단과 처방은 모든 존재자들이 평등한 권리와 가치를 지닌다는 만유 호혜적 인식에 바탕을 두고 있다. 이는 인간이 맺고 살아가는 모든 관계에 대한 성찰을 요청하면서 자연에 대한 배제와 상극보다는 포용과 상생의 세계관을 주문하였다. 지금 우리는 이렇게 축적되어온 성과를 바탕으로 하여, 세계적인 감염병 사태를 맞고 있는 우리 시대를 극복하기 위해, 계몽적 기획으로 출발한 생태적 사유와 실천을 더 근본적인 것으로 정향해야 할 시점에 이르렀다고 말할 수 있다.

잘 알다시피 '자연'은 정태적이고 자족적인 완결체가 아니라 끊임없이 변화를 겪어가는 과정적 실체이다. 그만큼 자연은 근대과학의 심층에 있는 조건 가운데 하나일 뿐이고, 절대화될 수도 수단화될 수도 없는 속성을 지닌 어떤 것이다. 그래서 자연은 인간에게는 유일한 환경Umgebung이지만, 스스로는 생명을 생성하고 유지하고 지워가는 가변적 세계인 것이다. 이때 우리는 인간의 삶과 부단히 매개되고 통합되는 자연을 시적 형상으로 재구성해야 하는 책무와 마주치게 된다. 그동안 이른바 생태적 사유에 바탕을 두고 씌어진 시편들을 통해 우리는 새로운 시적 형상이 새로운 인식론적 변화를 주도하는 광경을 목도할 수 있었다. 하지만 1990년대 이후 폭넓게 축적되어온 생태 담론은 일정 기간이 지나면서 여러 문제점을 노출하기 시작하였다. 우리 시대는 그것을 넘어서야 한다.

첫째, 생태 시편들은 평균적 범속화와 소재주의라는 부정적 경향을 노출하기 시작하였다. 감각과 인식을 갱신하는 생성적 좌표를 그리지 못하고, 자연을 완상하거나 반反문명 포즈를 극대화하는 어법이 줄곧 나타났다. 들째, 판에 박은 듯한 주개합일 경지를 지속저으로 보여주었다. 이는 동양 정신과 생태 지향을 결합하려는 의욕으로 나타났는데, 주체의 판단이나 삶으로의 피드백 과정이 지워지고 자연에 절대적으로 몰입하는 주체 소거 과정이 나타난 것이다. 셋째, 환경문제 역시 첨예하게 계층적 불평등이 매개되게 마련인데도 이에 대한 심층적 고찰을 결여하였다. 재난은 계급적으로 온다는 말이 있는데, 따라서 이러한 속성은 생태 시편이 보여준 가장 큰 취약점이 아닐 수 없다. 또한 이는 1980년대 이후 크게 대두한 계층적 인식이 생태적 사유와 매개되지 못한 실례가 아닐 수 없다. 넷째, 인간에 대한 불신과 혐오 뒤에 인간에 대한 궁극적 부정이 도사리고 있다는 우려 또한 적지 않다. 자연은 선하고 인간은 악하다고 생각하는 자연 신성화의 생태 시편은 그 자체로 반反생태적이다. 왜냐하면 역사나 예술 심지어는 자연조차도 인간의 상상적 매개를 통해 '시적인 것'으로 환기되는 것이고, 그것을 제도적 혹은 물리적으로 보존하는 것 역시 인간의 가장 중요한 몫이기 때문이다. 그럼에도 불구하고 인간을 부정적으로 심지어는 적대적으로 그리고 있는 것은, 인간 이성을 통해 역사 진보가 이루어진다는 근대주의에 대한 반성이라는 명분에도 불구하고, 지나친 물신화로 전락하고 마는 행태라 할 것이다. 새로운 감염병 시대의 생태 시학은 이러한 점들을 반성하고 경계하면서 그 철학적 기반을 넓혀가야 하는 이중의 과제를 안고 있다. 그만큼 현대시에서의 생태적 사유가 인식론적, 방법론적 정치함에 대한 요청에 직면한 상태라고 할 수 있다. 그래서 생태적 사유의 실천에서는 기법적 새로움보다는 인식의 쇄신이 전제되어야 할 것이다.

불과 십여 년 전만 해도 환경오염이나 쓰레기 문제, 4대 강개발사업이나 미세먼지 같은 문제가 본격적인 핫 이슈를 점해왔다. 그러던 것이 이제 감염병에 의한 전 지구적인 사태가 닥치자 근대주의적 개발과 성장의 논리에 대한 사회적 관심이 표출되기 시작하였다. 자연 파괴나 기후변화 등 여러 징후들과 더불어 불거진 이러한 반성의 흐름은, 시민운동 형식과 결합하면서 과잉 근대에 대한 성찰을 수행해갈 것이다. 아닌 게 아니라 그동안 뭇 생명의 희생을 밑거름으로 펼쳐진 개발 논리가 우리에게 되돌려준 재앙은 그 깊이와 넓이가 너무나도 혹독한 것이었고, 이번 감염병 사태는 그러한 가혹함의 정점에 해당하는 것이었다. 따라서 이제는 자연의 자정력을 복원하면서 인간과 자연이 효제적으로 살아가야 한다는 반성적 자각을 공고하게 할 필요가 있다. 근대의 절정이자 황혼에 대한 근원적 항체로서 존재감을 부여받고 있는 생태적 사유는 그 점에서 그동안 인류가 상정해온 중심들에 대한 비판적 속성을 거느려갈 것이다. 이 점이 한국문학의 대안적 거처가 됨직한 것이다.

3

그동안 생태 시학의 성과는 소설보다는 시 쪽에서 훨씬 강렬하고 광범위하게 나타났다. 소설에서도 홍성원, 이청준, 김원일, 최성각, 이윤기, 정찬, 이승우 등의 성과가 없었던 바는 아니었지만 지속적 성찰의 대상이 되거나 그를 통해 작가적 정체성을 형성하는 단계에까지는 이르지 못했다. 하지만 시에서는 단연 활발한 주류 담론을 형성하였다. 이러한 생태 시학의 활발한 전개는 하나같이 근대주의의 이데올로기인 진보에 대한 근원적 회의와 맞물려 나타났는데, 그동안 근대적 가치의 완성을 위해 매진했던 진보 기획이 일정하게 과학주의로 편향되었고, 인간 이성으로 포착할 수 없는 실재에 대해 홀대했던 것도 중요한 반성적 거점이 되었다. 또한 이는 자연과 우주를 타자로 몰아붙였던 지난 시대의 역사 과잉에 대한 반성을 내포하는 것이기도 하였다. 그 점에서 생태 시학에는 자기반성적 요소가 뚜렷하다. 하지만 그 이론적 정초 작업은, 아직도 우리 사회가 해결하지 못한 채 남겨두고 있는 과제들 이를테면 계급, 젠더, 지역, 분단 등에 대한 실재적 인식을 기초로 하는 안목과 결합하는 생산적 담론의 방향을 취해야 하는 과제들을 남겨놓고 있다. 물론 '코로나19'라는 미증유의 충격을 담아내는 근본적 쇄신을 전제하고서 말이다.

한동안 주류 미학으로 등극하여 한 차례 반성적 대상이 된 이후에도 여전히 생태 시학은 자본주의의 전 지구적 장악에 대한 가장 강력한 저항 담론이자 대안 담론의 가능성으로 충일하다. 하지만 생태 자체가 물신화되고 무공해 식품 같은 자본주의의 수사적 첨병 노릇을 할 개연성은 언제나 경계되어야 한다. 또한 생태 시학은 또 하나의 신비주의를 불러올 가능성이 있다는 경고에도 귀기울여야 한다. 모순된 녹색 중심주의의 소박한 담론을 뛰어넘어 진정한 대안적 사유를 성취하기 위해서는 "세계의 야생 지역, 삼림, 습지, 산, 초지 등은 개발되어 도로로 덮어지고, 간척되고, 분태워지고, 지나치게 뜯어 먹혀 계속 존재할 수 없을 지경"이라는 프리초프 카프라의 말에서 유추되듯이, 자연이 인간 욕망에 의해 유린되고 상처받았으며 그와 함께 자기중심적이며 문화적 윤색에 의해 변화될 수밖에 없는 가변적 실체임을 명심해야 한다. 이는 곧 황폐화된 물질문명과 완전히 격절할 수 있는 순수 자연은 존재하지 않는다는 생각과 연결되며, 믿든

곱든 자연과 인간이 공생해야 한다는 종말론적 자각과
도 연관된다.

이러한 상황에서 예언적이며 동시에 성찰적인 장르
일 수밖에 없는 서정시가 가질 수 있는 '코로나19' 시대
의 타개책은 무엇일까. 이는 한마디로, 그 예언자적 저항
성과 자기 성찰성을 강화해가는 것으로 모아진다. 우리
사회에서 최후의 윤리학이자 가장 급진적 대안으로 대
두한 생태적 사유는 자연을 '신성한 것the sacred'이 깃들
인 유기적 생명체로 승인하면서, 그것을 인간 욕망 실현
을 위한 자원으로 생각해온 근대의 자기 증식 논리에 대
한 반성적 시선을 함유해갈 것이다. 그만큼 생태적 사유
와 실천은, 치유 불가능의 단계에 빠져버린 지구의 기후
위기와 맞물리면서 그 중요성이 하루가 다르게 커져갈
것이다. 그래서 우리는 우주와 호흡하면서 자연의 '스스
로[自] 그러함[然]'을 되돌려 주려는 기획을 통해, 윤리
적 차원을 넘어 일종의 '우주적 연민cosmic pity'으로 그 영
역을 확대해가야 한다. 그리고 사물의 배후에 있는 본질
을 읽어내고 표현하는 발견의 감각을 통해 생태 시편이
라 명명되어온 서정시의 기율과 감각을 성숙시켜가야

한다. 우리의 애송시 전통이 지나치게 사사로운 감상적 사랑 이야기가 많았던 것을 감계하면서, 더욱 큰 스케일의 인류적 의제로 권역을 넓혀가기를 소망해본다.

이때 인간을 위한 환경 차원으로만 자연을 한정하는 경향도 경계되어야겠지만, 인간을 배제한 자연숭배의 속성도 충분히 경계되어야 한다. 한술 더 떠 염인증에 가까운 인간 혐오를 보인다든가, 대안 없는 문명 비판을 반복적으로 양산하는 것은 서정시의 주체인 인간에 대한 심층적 사유를 결한 것이기 때문에 적극 삼가야 한다. 인간은 자연과 함께 역사와 삶을 꾸려가는 공생적 주체이지 그저 내몰려야 할 대상이거나 수동적 관찰에 머무는 관조자가 아니다. 서정시에서 사물에 대한 재발견의 시각과 균형 감각이 필요한 것은 바로 이 때문일 것이다. 결국 앞으로 펼쳐질 생태 시편들은 인간에 대한 일방적 혐오와 자연 신비주의를 벗어나, 부단히 환속의 통로를 열어두면서, 그동안 망각되었던 인접 가치들을 활발히 끌어들이는 데서 완성되어갈 것이다. 그리고 우리 시대의 시적 윤리학은 전혀 새로운 생태적 사유와 실천을 통해 한층 근본적 속성을 부여받을 것이다. 비평가로서 느껴보는 '코로나19' 시대의 흐릿하지만 너무도 강렬한 회감이자 예감이다.

계속 쓰는 겁니다
계속 사는 겁니다

1판 1쇄 인쇄   2021년 4월 5일
1판 1쇄 발행   2021년 4월 16일

지은이   고재종 김미희 김상혁 김유담 김이듬 김종광 문은강 방민호
          손홍규 유성호 이설야 이승은 임현 최금진 최재봉 최정나 해이수
펴낸이   임양묵
펴낸곳   솔출판사

편집장   윤진희
편집   최찬미, 윤정빈
디자인   오주희
마케팅   이원지
제작관리   박정윤

주소   서울시 마포구 와우산로29가길 80(서교동)
전화   02-332-1526
팩스   02-332-1529
홈페이지   www.solbook.co.kr
이메일   solbook@solbook.co.kr
출판등록   1990년 9월 15일 제10-420호

ISBN   979-11-6020-152-9   (03810)